黎明之街

〔日〕东野圭吾 著　　李超楠 译

南海出版公司

新经典文化股份有限公司
www.readinglife.com
出 品

1

我曾经认为只有傻瓜才会有婚外情,只要爱妻子和孩子就已足够。可就是有些人抱着尝鲜的心态出轨,结果好不容易建立的家庭就此崩溃,这实在愚蠢透顶。

当然,世上有很多优秀的女性,我也会被她们吸引。这对男人来说是理所当然的。但目光被吸引和内心被吸引是截然不同的。

前不久,我们公司就有人因婚外情而离婚,房子给了老婆作为赔偿,还要负担孩子的抚养费。由于不习惯一个人生活,他身体垮了,整个人都变得不正常,最终在工作上犯下大错,被迫辞职。最惨的是,他的外遇对象后来也没有和他在一起。他失去了一切,却什么都没得到。不知道他每晚盯着廉租公寓的天花板都会想些什么。

我再说一遍,只有傻瓜才会有婚外情。

但我却沦落到不得不对自己说这句话的地步,只是要加上一句:"但是,也有情不自禁的时候……"

2

人和人的相遇并不总是富有戏剧性的,至少我和她就不是。我们的相遇只是平凡生活中的点滴。这次相遇带来的光芒要等到很久以后才显现出来。

秋叶作为派遣员工来到我们公司是在盂兰盆节后的第一个工作日。那天非常热,但她还是穿着齐整的西装出现在我们面前。她将长发扎在脑后,戴着细框眼镜。

"这是仲西。"科长介绍道。秋叶边说"请多关照"边向大家行礼。

我只瞥了她一眼,视线就立刻落回记事本上。派遣员工来我们公司并不罕见,而且我满脑子都是稍后的会议,想着必须给前几天出现的问题找个借口。

我供职的这家建筑公司位于日本桥。我的职务是第一事业总部电力一科主任[①],主要负责在电力系统出现故障时第一时间赶到现场,

[①] 在日本的公司中,"主任"一职的级别位于"科长"之下。

向现场负责人说明事态，向顾客道歉，接受上司训斥，并写出书面检查。

我们这一科除了科长有二十五人，秋叶来了以后就增至二十六人。我们公司的办公桌都是面对面并在一起的。秋叶的座位在我后面两排，从那里向左前方看，就能看到我的背影。我要是把椅子转个一百八十度，也能看见她。但她面前有个巨大的旧式电脑显示屏，要是她靠近显示屏，就只能看见她那戴着耳环的白嫩耳朵了。我意识到这一点时，她已经来了好几天了。

为秋叶举行的欢迎会定在周末。这只是个借口，科长只是想和大家去喝酒。可能各行各业都是这样，位于中层的人比较喜欢这一套。

欢迎会在位于茅场町的居酒屋举行。大家都是常客，不看菜单也大致知道菜品。

秋叶坐在靠边的第二个座位上。她是主角，却尽量不让自己太显眼。我坐在她斜对面，想着她一定认为这场欢迎会真烦人。

那是我第一次认真看她。在那之前，她给我的印象只有戴眼镜这一点。

她三十一岁，但在我看来要年轻一些，鹅蛋脸小巧精致，鼻梁像用尺子画出来一般笔直。这样一张脸再戴上眼镜，不禁让我联想到奥特曼。

不过，她的确很有日式美人的味道。当一个女员工问她有没有男友时，我并不觉得奇怪。

秋叶微笑着低声答道："我要是有男友，早就结婚了，也不会在这里了。"

正要喝啤酒的我不禁停下来看了看她。她的回答单刀直入地表明了她的人生态度。

有人问:"那你想结婚吗?"她的回答是"当然想",还说"我不会和不想结婚的人恋爱"。

身旁的同事凑到我耳边小声说:"也难怪,已经三十一了啊。"幸好她没有听到。

有人不能免俗地问她理想的对象是什么类型的,她略加思索后说道:"我不太清楚自己比较适合哪种人,也不清楚和什么样的人在一起能幸福,所以没什么理想的对象。"

"那反过来,哪种男人是绝对不行的呢?"

"我讨厌不能履行丈夫职责的人。会对其他女人动情的男人没有资格做丈夫。"秋叶立即答道。

"那要是丈夫出轨了呢?"

"杀了他。"她的回答非常明确。

不知是谁吹了一声响亮的口哨。

以这种形式亮相,男职员都会害怕的。

"到了那个年纪是该有结婚的意识,但如果老公出轨就要杀掉,这实在……而且她还挺认真的。这个女人过去一定经历过什么,说不定满怀被男人背叛的怨恨……"一个未婚同事说道。

我和她在工作上没有直接联系,所以我们几乎没说过话。但这种状况在某个晚上改变了。

那是一个周五的晚上,我和三个好久没见的大学同学一起在新宿喝酒。我们都结了婚,包括我在内,有三个人有小孩。我们以前都是越野社的成员,但现在谁也不爬山了。

大学毕业已十年,我们的共同话题渐渐变少,聊的不外乎是对工作的牢骚、对老婆的不满，还有小孩的教育。

"难道就没有更好的话题吗？"一个人说道。他姓古崎，平时不爱说话，属于人们常说的擅长倾听的人，可就连他都觉得无聊了。

"这世上就没有什么好事，我们怎么可能有更好的话题。"新谷轻描淡写地一语带过。

"我们的确净说些无聊的话。"黑泽抱着胳膊说。

"我们以前都说什么？"

"徒步旅行呗。"我说。

"那是上大学的时候。我不是指那么早，是指最近。我们应该不会一直这么无聊吧？"

我看着提高嗓门的黑泽，觉得他说得没错。我们并非一直在说上司无能、和老婆的亲戚打交道很麻烦或体检结果不乐观之类的话题，否则连酒都不好喝了。

于是我们开始回想原来的话题。

不久，黑泽嘟囔道："女人。"

"什么？"我们看向他。

"我们以前挺热衷谈女人的。"

所有人都沉默了，谈话一时陷入了冷场。

"除此之外。"新谷紧锁双眉说道，"大家倒是想想除了女人以外谈什么比较开心啊。"

"只有这个话题吧。"黑泽有点生气，"除此以外就没了。以前不都是这样？你也最喜欢谈女人吧。只见过一面，就跑去问女孩子有没有兴趣开联谊会。"

我不禁哈哈大笑。黑泽说得没错。

"就算如此，在这儿旧事重谈也太没劲了。还是说我们以前谈女人谈得开心，所以现在想重温旧梦？我们当中谁还能谈女人？先说好，不谈老婆和女儿，她们都不算女人。对了，还要除去母亲。"新谷喋喋不休，语速很快。

他竟然在母亲之前把老婆和女儿从女人的范围里除名了，全世界的女人听了都会强烈抗议吧。但我无法责怪他，也没有觉得他说得不对。

"真想听听女人的话题啊……"古崎嘟囔道，"新谷颇为自负的搭讪还是很有意思的。"

"所以才让我搭讪？就为了取悦你们吗？"

"以前新谷你不是在这家店里跟我们打过赌吗？"我说，"赌能不能把吧台旁的女孩子叫到我们桌来。"

"没错没错。"黑泽和古崎都点头附和。

新谷转向我，重新坐好。"我说渡部啊，那都是十年前的事了，而且那时我还没结婚。你觉得现在我能那么做吗？你们看，那里坐了个女孩子。"他指着吧台旁身着迷你裙的女孩子继续说道，"她长得很可爱，很对我胃口，但我就连盯着她看都不行。要是那么做，就会被误认为是变态大叔。在世人眼里我们都是大叔，连男人都不是。你们得明白这一点。"

"你说我不是男人？"

"你，我，还有这个和这个。"新谷依次把大家指了一遍，"我们都已经不是男人了。就像老婆已经不是女人一样，我们也不再是男人，而是老公、老爸和大叔。所以想聊女人也不行啦。"

新谷看起来醉得不厉害，但似乎想把憋在心里的话一吐为快。

一说完，他就一口气喝干了剩下的半杯啤酒。

"是吗，已经不是男人了吗？"古崎喃喃道。

"想变回男人就去找小姐吧。"新谷说道，"但可别在老婆和公司那里露了馅。"

"我们连变回男人都得偷偷摸摸的吗？"黑泽像死心了一般叹了口气。

从店里出来后，忘了是谁提议，大家又去了击球中心。

我们占了两个击球位，轮流击球。大家的运动神经都不差，可就是无法准确击中来球。打到一半，我们终于认识到身体已经不复当年了。

站在左边的击球位上击打时，我发现了秋叶的身影。她与我相隔两个击球位，正专心致志地击球。

我开始还以为认错人了，但那张用有些恐怖的眼神盯着发球机的脸千真万确是秋叶的。她击球时那惊人的气势我倒是第一次见到。没打中时，她就会愤愤地说一句"该死"，这是我第一次听到她这样说话。

我呆呆地看着秋叶，她也注意到了我的视线，转过头来，先是吃惊地瞪圆了眼睛，然后惊慌失措地垂下头去，随即又看了我一眼，最后小声地笑了。我也笑了。

古崎注意到我的表情变化，问我怎么了，我解释说看到了公司的同事。

"同事……"古崎沿着我的视线看去，不由得"啊"了一声，"是女的。"

我走到秋叶旁边，她正一面用毛巾擦汗一面从击球位上走下来。

"你在这儿干吗？"

"我在击球。"

"这我明白……"

身后传来声音："你的熟人？"我回头看去，满面笑容的新谷站在那里，古崎和黑泽也来了。

秋叶一脸困惑地看着我。我只好把几个朋友介绍给她。

"女人独自来玩可不常见啊。你经常来吗？"新谷问道。

"偶尔来。"她答道，随即转向我说道："请别在公司里提起这件事。"

"哦，知道了。"

女人在周末独自来击球，这可不是什么值得夸耀的事。

"真好，现在还和老朋友往来。"

"还好吧。"

"我们要去唱卡拉OK。"新谷对秋叶说道，"方便的话，要不要一起来？"

我吃惊地看着新谷。"当然不行了。"

"为什么？"

"我们这里可是四个大叔啊。"

"所以才无所谓。"新谷转向秋叶，"包括这个家伙，我们都是已婚，所以你不用担心我们会纠缠你。"

"用他的话来说，我们已经不是男人了。"我对秋叶解释道。

"不是男人？"

"没错，人畜无害。"新谷说道，"要是玩得晚了，就让渡部送你回家。这家伙尤其无害，而且还无色无味，就算消失了也不会有人注意到。大概连生殖能力都没有，老好人一个。"

秋叶笑着看了我一眼。"那就去玩一会儿。"

"真的要去？"

"不打扰你们的话。"她看着我说道。

我挠挠头。"打扰倒不会。"

从击球中心出来，我们去了卡拉OK。另外三个人一脸兴奋。他们明知几个大男人去唱歌相当没劲，却还是要去，可见已空虚到何等地步。他们多年来一直如此，这时的秋叶简直就是拯救他们的女神。

女神也不一定擅长唱歌，但不擅长并不代表她不喜欢。

秋叶一首接一首地点歌。我们一有人唱完就轮到她，每两首歌里就有一首是她的。看起来她唱得相当惬意。在唱歌间隙，她会喝杜松子酒加酸橙，别人一开始唱，她就继续点酒。

有一点我可以保证，那就是我们没有劝她喝酒，而且都留意着她回家的时间。酒是她自己喝的，在我提议散伙时，也是她要求再延长半小时。

在我们走出包厢时，秋叶已烂醉如泥。这可不是说笑，而是真的需要人送了。我扶她上了出租车，向高圆寺驶去。我可是费了好大劲才问出她住在高圆寺的。

我们在车站旁边下了车。她根本无法好好走路，我只好扶着她。她像说梦话一般指了路，我们于是以大约一公里的时速前进。

忽然，她蹲了下来。我吃了一惊，窥视她的脸色问道："你没事吧？"

她低着头，不知在嘟囔些什么。我凑上去仔细听，终于听明白了她的话，却更加吃惊了。

她让我背她。

我心想"开什么玩笑",但她看上去确实动不了了。

走投无路之下,我只得把背朝向她。

她一言不发地趴了上来。她身高大约一米六五,身材纤细,但背起来很重。我不由得想起了越野社的训练。

总算到了公寓门口,我尝试把嘟囔不停的秋叶放下来,结果她呻吟起来。我还没来得及问她怎么了,她就毫无先兆地吐了。我感到左肩一热。

"哇!"我匆忙脱下外套,藏蓝色西装的左肩部位粘了一片白色的东西。

秋叶跌倒在路边,接着又摇摇晃晃地站起来。她目光蒙眬地看向我,又看向我的外套,然后摸了摸嘴角,再次看向我的外套。

"啊……"她张大了嘴,随即一言不发、跟跟跄跄地走近我,一把抢过外套,然后就跌跌撞撞地走进了公寓。

我愣了一会儿。外套被抢走了,衬衫的左肩部也染上了呕吐物的气味。我凝视着公寓的入口。

正是黎明时分。

3

上高中时，曾有同班女生说有话跟我说，让我放学后留下来。我听后自然开始期待一场爱的告白，兴奋不已。结果，那个女生是因为运动会队员安排的事情来向我诉苦的，说她不想和交恶的女生一起参加"蜈蚣走"，而我那时是运动会的执行委员。她找我也就是因为这个，在把想说的说完后就回家了。

后来又发生了好几次类似情况。于是再有女人说有话要跟我说时，我就不怎么抱有期待了。不如说我最近遇到这种情况反而会不安，因为大体上都只会听到抱怨。

虽然有过这样不愉快的经历，可是在星期一下午，我收到那条写着"我有话要跟你说，方便的话下班以后能借用一点时间吗"的短信时，还是兴奋不已。那条短信是秋叶发来的。

我转过头看向斜后方。秋叶正面向电脑默默工作，完全没看我。

我深思熟虑后发出如下短信："知道了。水天宫的十字路口旁边有家书店，我们就约在那里的商务书专柜吧。"

我魂不守舍,却还是明白她约我的理由。她一定是想为前两天的事情道歉,然后还我外套。之后或许还会去喝杯咖啡,大概也就到此为止。她肯定会很快回家,然后明天就装出什么也没发生过的样子。我心里明白,但因为很久没有和年轻女人单独见面,我连等待时针指向下班时间都等不及了。男人果然是一种滑稽的生物。

当下班的铃声响起时,我迅速拿着包站起来。要是磨磨蹭蹭,说不定会被科长叫住。所谓上司,就是关键时刻不在,你急着想走的时候却偏偏叫住你的人。

我总算平安无事地从公司逃出来,大步走向约好的那家书店。现在是九月,秋老虎还很厉害,到书店时,我已大汗淋漓。

我找了个正好能吹到空调的地方,哗啦哗啦地翻看电脑类杂志。十几分钟后,我感觉有人来到了旁边——其实我是瞎说的。秋叶一进店我就注意到了,但我佯装不觉。我在等她发现我,然后走过来跟我打招呼。

"对不起,打点工作多花了点时间。"秋叶表情僵硬地说道。

"没关系,我也刚到。"

她提着一个纸袋,里面应该是我的西装外套。

我们走进书店二楼的咖啡厅。我点了咖啡,她则点了冰红茶。

"身体怎样了?没有宿醉吧?"

"没什么。"她表情依旧僵硬,连看都不看我。

"那就好。你每次喝酒都会喝成那样吗?"

"我那天刚好比较心烦。"她一说完,似乎就注意到没必要再多说什么,于是停顿了一下,又补充道,"我是第一次喝成那样。"

"以后还是多注意吧。"

"我再也不喝酒了。"她话中带了些许怒意。

"没必要那么极端。"说着我把目光投向她旁边的纸袋,"我的外套怎么样了?"

秋叶一下子挺直脊背,猛地收回下巴看着我。我不禁有点畏缩。女孩子要向我抱怨时,经常会摆出这种表情。

她从手提包里拿出一个信封放到桌上。"这个,请你收下。"

我莫名其妙地打开信封。里面放了五张万元大钞。"这是什么?"

"赔你西装的钱。"

"喂,你没必要这样吧?"

"这是我的心意。"

"要是你觉得过意不去,在拿出这种东西之前还有该做的事情吧?"看到她一副不知所云的表情,我补充道,"我是说,你还没道歉呢。"

她一瞬间皱紧了眉头,做了个深呼吸,胸口也随之起伏不定。她露出一副下定决心的表情说道:"对于那天在你面前丑态毕露一事,我很后悔。给你添了麻烦,这并非我的本意。"

简直就像政客的答辩。

"这算什么啊,听起来一点都不像道歉。"

"所以这是我表示歉意的方式。"她说着把信封推向我。

"我不要。"我的声音尖厉起来,有些恼火,"你把外套还我就行了。虽然是便宜货,而且已经跟不上潮流,但对我来说是件很重要的衣服。没了它就无法出差了。"

"你不能用这些钱重新买一套吗?"

"不能。我为什么要重新买?只是脏了一点,送去干洗一下就行了。"

"话是这样……"她垂下目光。

我指着纸袋说道:"喂,要是我没猜错,这里面应该就是我的外套吧?"

秋叶一脸慌张地抓紧纸袋口。"是的。"

"那你把它还给我不就行了?难道说,你弄脏了以后没洗?"

她摇了摇头。"不是的,洗过了。"

"那……"我吞下了后半句话。洗过了?谁洗的?我不由得有种不好的预感。"我说仲西女士,不管怎样,你先让我看看外套吧。"

秋叶略一踌躇,递出纸袋。里面的确是我的外套。但当我想拿出来时,她说:"别在这儿拿出来。"

"嗯?为什么?"

"不是的……那个……无论如何,在这里有点……"她似乎很在意周围的人。

我的不安越来越深。"好吧,你在这里等我一下。"

她沉默着点了点头。我拿起纸袋,来到洗手间。纸袋里的外套的确是被她弄脏的那件,已经洗干净了,熨得平平整整。但一穿上,我就大吃一惊。袖子缩成了七分袖,肩部变得很紧,扣子也扣不上了。

我回到座位,秋叶一副闹别扭的表情喝着冰红茶。

"我说,你为什么不送去洗衣店干洗呢?"我坐下后问道。

"不能送。"

"为什么?"

"会被误解的。"

"被谁误解?"

"洗衣店的大妈。她会觉得我交男朋友了。"

"于是你就自己用水洗了？"

秋叶沉默了。

"真服了你。"我叹了口气，挠了挠头。

"所以我说要赔，请你收下。"

"不是这个问题。总之这个我不能收。"

"你不收的话，会让我很头疼的。我无法忍受给别人添麻烦。"秋叶把信封推给我，拿起账单站了起来。

"等等！"我追上去，把信封塞进她的西服口袋，"这样做你的确能心安理得了，可我不买账。"

"那你要我怎么做？"

"这个……"

其他客人纷纷看向我们。"此处不可久留。"我从她手里拿过账单。

出了店门，我就看到秋叶一脸不高兴地等在那里。

"你是有钱人家的千金吧？"

"为什么这么问？"

"你好像觉得只要有钱，什么事情都能摆平。但根本感觉不出你有补偿的心意。钱并不能解决一切，重要的是态度和行动。"

她盯着我。"用行动来表示就行？"

"嗯，就是这么回事。"

"我知道了。那么，明天还能在这里见面吗？"

"明天？一定要等到明天吗？"

"今天已经晚了，而且我还没准备好。"

我不认为需要什么准备，但什么都没问。我对她究竟会怎样表示歉意很感兴趣。

"好吧，那明天同一时间还在这里见。"

"不见不散。"她点了点头，目光里有些许挑战的意味。

第二天，我按照约定来到书店。没等多久，穿着白色套装的秋叶出现了。白天我一直都在工程现场，没去公司，一直没见到她。

"请跟我来。"她小声说完，便转身快步走了起来。

我跟着她出了书店，沿着道路走了一会儿，来到一个投币式停车场，在一辆黑色沃尔沃XC70前停下脚步。

"请上车。"她打开中控锁。

"去哪里？"

"上车再说。"

我觉得很不对劲，却按捺不住激动的心情，对她接下来的行动充满期待。

我打开副驾驶一侧的车门，秋叶也上了车。

她开车很猛。最初我什么都没问，可看见车驶进箱崎高速公路收费站，我终于忍不住问道："要上高速啊？要去那么远的地方？"

"大概半小时就到了。"她只答了这么一句。

车驶上湾岸线。秋叶沿最右侧车道一路狂飙。

"是不是要去横滨？"

"要去樱木町。"她看着前方答道。

"去那里干吗？"

"到了就知道了。"

在到达目的地之前，她似乎打定主意什么都不告诉我。我放弃了继续问话，转而看向车窗外。我已多年没开车去横滨了，坐女人的车去横滨更是有生以来第一次。

"这是你的车?"

"是的,怎么了?"

"没什么,只是觉得你的品位有点怪。这可不是年轻女人会喜欢的车型。"

秋叶叹了口气。"这是为了方便去冲浪才买的。"

"冲浪?"

"嗯,这种车能塞下很多行李。"

"这样啊,你玩冲浪?"

"不行吗?"

"不是,只是觉得很羡慕。以前我也一度想玩玩看,最后无疾而终,现在年纪大了,也玩不起来了。"

秋叶沉默着,我不知道她在想什么。

车过了跨海大桥,从山下町出了高速。秋叶依旧不说要去哪里,只是一心一意地开车。

从主干道拐入一侧的小路后,她终于把车停了下来。路旁尽是华丽的店面。

"请下车。"秋叶说着熄了火。

一下车,她就走进了旁边一家店。橱窗里展示着不少男式西服,都是天价,除非买彩票中了大奖,否则我根本不会买。我瞪大眼睛跟在她后面。

秋叶正在和店里一个五十岁上下的人打招呼,那人看样子对外国制品相当熟悉,而且颇有绅士风度。

那人眯起眼睛走近我,说道:"欢迎光临。可以先让我为您量尺寸吗？"

"量尺寸？"我看向秋叶，"这是要干什么？"

"作为赔礼，我约了这家店，让他们为你做一套西服。"

"请移步这边。"那人要引我进入里间。

"等一下。"我轻轻伸手阻止，"我不需要。"

"什么？"那人有些吃惊。

我走近秋叶，说道："我跟你来这里，并不是希望你做这种事。"说完我就推开店门走了出去。我走向和沃尔沃相反的方向，准备坐电车回家。

我的脑海里浮现出击球中心里秋叶的样子，还有她在卡拉OK包厢里纵情高歌的场景。那时的她和现在判若两人。

"请等一下。"她追了过来，"你到底对什么地方不满意？"

"你的想法。"

"你不是不希望我付钱了事吗？所以我就用行动表达了啊。"

"这根本就不是用行动来表达。你觉得这么做我就会高兴了吗？你真是看错人了。"

"那你到底要我怎么做？"秋叶语气中带了些怒意。

我盯着她问道："你真的不知道？"

"就是不知道才问的。"

我摇摇头，做了个投降的姿势。"要是你觉得给别人添了麻烦很不好意思，首先该做的事情只有一件，这可是连小孩都明白的。那就是要先道歉。抱歉，我弄脏了你的衣服。就这么一句话，你为什么就说不出来呢？我既不想要钱，也不想要高级定制西服。我跟你来这里，是以为能听到你说句话，是期待你能道歉的。结果呢？什么'先为您量尺寸',你耍我是不是?"我真的生气了,烦躁不已,觉得有什么东西被辜负了,"算了,这件事就算过去了,你不愿道歉我也没办法。我也不期待你还能……"说到这里,我愣住了。

秋叶像尊石像般一动不动,眼里噙满泪水。在我惊讶的目光中,大滴的眼泪流了下来,在她的脸颊上划出几道泪痕。

别这样啊,在这种情况下掉眼泪也太狡猾了,我不禁暗想。

但她下面的话更让我迷惑不解了:"要是能无所顾忌地道歉该有多轻松……那样的话我也就不用这么痛苦了。"

我呆呆伫立,胸口有种莫名的热气在膨胀,更简单地说,是一种激动的感觉。自己可能会遇到迄今为止从未经历过的事情,这种期待感一波波地向我袭来。

秋叶从提包里取出手帕,在眼眶下轻轻擦了擦,然后做了个深呼吸。在她重新看向我时,脸上已没有泪痕。"失礼了。那我们接下来怎么办?"

什么?接下来怎么办?这正是我想问的!我刚才还满腔怒火,但现在已被她的眼泪浇灭。愤怒冷却下来,我感觉自己成了一具空壳。

"总之……我先回去了。"我总算说出一句话,"继续待在这里也没什么意义了。"

秋叶微微点了点头。"那我送你。"

"不用了,那样你不是要绕远吗?"

"但我也不能就这样走掉。"

"那你送我到横滨站吧。我从那里回家也方便。"

她看样子不太满意我的提议,但还是点头答应了。

我们又坐上了她的车。今天晚上还真是搞了一场大闹剧，我一面想一面扯过安全带系上。想着明天应该用什么表情去面对她，我不禁有点不安。

无论如何，我已下定决心，今天要把毅然的态度贯彻到底，不能让秋叶觉得我屈服在她的眼泪下。

然而，就在我最想装腔作势时，身体却不配合。秋叶把车钥匙插进钥匙孔，正要发动，我的肚子发出了咕噜噜的声音。

周围既没有车驶过，也没有其他噪音，在一片静寂中，这声音格外明显。

秋叶停下了手。"你饿了吧？"她的语气极其一本正经。

"是啊，要在往常，现在是吃饭的时间了。"

"怎么办呢？"

"你问我怎么办……"这一瞬间，我脑中闪过各种各样的想法，但没有任何不良企图。我最优先考虑的是如何保持风度。"随便吃点东西吧。"

"随便吃点……"

"啊，吃顿便饭就行。"

"不过还是随便少吃一点比较好吧。"

"为什么？"

"你要是现在吃饱了，晚上回去不就吃不下晚饭了吗？"

原来如此，我算是明白她为什么坚持"随便少吃一点"了。她应该是觉得我得留着胃口回去吃妻子做的晚饭，而且必须吃。

"今晚我在外面吃。"

"可以吗？"

"你事先没告诉我今晚到底要干什么,所以我想有可能赶不及回家吃晚饭……啊,我不是说要和你一起吃饭,我是想要是回去晚了,就一个人在外面吃。"

但事实上我一直期待能和秋叶一起吃晚饭。下班以后和年轻女子约会,一般都会期待一起吃顿饭吧。

"横滨站东口有座大厦,里面有家古典风格的意大利餐厅。要不要去那里?"秋叶问道。

"你觉得好就去吧。"

她点点头,发动了车子。

这家餐厅位于大厦的二十八层。从位于窗边的禁烟席向外看,横滨的街道尽收眼底。为了照顾客人观赏夜景的需要,店内的照明刻意调得比较昏暗。

我有些紧张,问了秋叶诸如对新工作是否适应、工作是否有趣之类的问题。秋叶最初表情僵硬,一板一眼地回答了我,大概是顾虑到我可能会把谈话内容泄露给公司,要是答得不妥当,在公司会处境艰难。我决定在这里绝口不提外套的事情。难得在一起吃顿饭,我可不想把气氛搞砸了。我很想知道她为什么哭,但还是忍住了。

"你什么时候开始玩冲浪的?"

"大概是三年前吧。"

"为什么要玩?"

"没什么理由。有朋友玩,然后就被拉去了。"

对话渐渐变得比较顺畅了。

"冲浪很帅啊,我以前也曾经想玩玩看的。"

她拿叉子的手停了下来,直直地盯着我。"你刚才也说过同样的话。"

"没错。"

"但那是说谎吧?"

"为什么这么说?"

"难道你不是顺着我的话题随便说说吗?其实并不特别想玩吧?"

"不。"我噘了噘嘴,"我干吗一定要顺着你的话题?我真的觉得有机会的话想玩玩看,现在也是这么想的。"

"真的吗?"

"当然。"

"那就去玩吧。"秋叶目不转睛地盯着我说道。

看样子她认定我不会答应。我的确想过能冲浪该多好,却没想要付诸实施。但我又不甘心直接表明这一想法。

"好啊,一起去吧。"我答道。

这次轮到秋叶的表情有少许变化了,她显得很狼狈,但没有退缩。"你肯定觉得我不会约你去,所以不当一回事。我可是来真的,不是说说就算的。"

"行啊。但我也有我的安排,你最迟得提前两三天通知我。"

"我真的会约你去的,绝对不说谎。"

"我也是认真的。"

"你刚才没有惊慌失措吗?"

"当然没有,惊慌失措的是你吧?"

我们的口水仗打得莫名其妙,但我乐在其中。她认真的样子很可爱,我也觉得自己这样也不坏。

吃过饭,秋叶想去付账,但我提议 AA 制。

"不行,这顿饭得我请。"她眼神很认真。

我略加考虑,点了点头。"好吧,那么外套的事情就一笔勾销吧。"

秋叶露出些许吃惊的表情,然后微笑起来。笑容很美。

4

从横滨站上了电车,我一路都沉浸在幸福中。但那时我还是试图告诉自己,这种心情仅限于那晚。

然而第二天,在公司见到秋叶后,我就知道自己大错特错了。她简直成了一个发光体,我目光的焦点就聚集在她身上,眼里只清楚地映出她的身影,除此以外的东西都很模糊。我的心跳也比平时要快。

工作的时候,我也不自觉地用余光捕捉她的身影,对她的声音十分敏感。不只如此,当其他男同事跟她说话时,我竟然有一点,不,是相当嫉妒。这样的反应让我自己都觉得不可思议。

秋叶完全没注意到我。她的举动和往常一模一样,这让我越来越焦躁。

就在这种状态下,我收到了她的短信,体温好像一下子升高了五度。我晕晕乎乎地读到了以下短信:"这周六我去湘南冲浪,你去吗?还是说你要当逃兵呢?"

她大概是个撩拨男人情绪的高手，我却不善于把别人的撩拨当成耳边风，于是回复道："当然要去了，倒是你，可不要临阵脱逃。"

我们就这样约好了去冲浪。从这天开始，我的心情一直摇摆不定，既有能再次和秋叶约会的兴奋，也有因事情越闹越大带来的焦急。我连做梦都没想到这把年纪还要去冲浪。

在周六之前，我一直都抱着兴奋和不安交加的复杂心情。在公司里见到秋叶，我就觉得很开心，能听到她的声音也很激动。

星期六下午，我离开了家，跟妻子说要和同事一起去练习高尔夫。我很少打高尔夫，但实在找不到其他借口了。

我和秋叶约在横滨站碰面。我来到车站不久，就看见她开着那辆沃尔沃来了。车上并没有放冲浪板。她说她一直把冲浪板寄放在鹄沼海岸一家熟悉的店里。看样子除了那里，她应该不怎么去其他地方冲浪。我一直认为应该在早上冲浪，因此午后才出发让我很意外。

"那个地方傍晚时会起很好的浪。"秋叶清楚地回答了我的疑问。

天阴沉沉的，好像就要下雨了。天气预报说低气压正在靠近。

"天气没问题吗？"

"只是阴天而已，没有问题。莫非你想取消今天的活动？"

"我没那么说。看样子你很希望把我说成个胆小鬼啊。"

"希望你没有逞强。"她无声地笑了。

从朝比奈出口驶下高速公路时，天空更暗了，还刮起了强风。但我没有再说起天气，因为不想被秋叶认为我在害怕。

一路上，对面驶过不少载着冲浪板的汽车，都不像是一大早冲浪回来的，而是和我们一样冲着傍晚的好浪去的。肯定是海上起了大风浪，他们不得不中途折返。

又过了一会儿，终于下起了瓢泼大雨，但秋叶仍只顾往前开。我终于忍不住说道："今天还是取消吧，不少人都中途返回了。"

"你果然还是想当逃兵哪。"秋叶说的和我预想中的一样。

我想发火，但还是强忍住了。"没错，是想当逃兵了。"

秋叶的脸上原本还挂着一副调侃的笑容，闻言一下子严肃起来。她减速把车停到路边。

"你想逃吗？"她直视着前方问道。

我的确有些怕，也想逃，但又担心秋叶。如果就这样去冲浪，她应该会不顾风浪下海。我不认为她有那么高超的技术，非常怕她不自量力，做出什么无法挽回的事。但若照实说，她肯定会更加固执。

"没错，我投降。"我举起双手，"我们回去吧。"

秋叶盯着我，舔了舔嘴唇。"不错，很成熟的处理方式。"

"什么？"

"你是不想让我做勉强的事吧。"

她说得没错，可我不能承认。"我才没精力考虑那么多呢。等碰上个条件好的日子我再去挑战一把，今天你就饶了我吧。我可是初学者，而且缺乏运动，对体力没什么自信。"

她盯着我看了一会儿，随即移开目光，叹了口气。然后她转向前方发动了车。从后视镜里确认了情况后，她猛地掉了个头。"真可惜，本以为会有不错的浪。"

我说了声"抱歉"。

雨越下越大了，秋叶调快了雨刷的频率。

"渡部先生，你平时还是多运动运动比较好。"

"我也这么想，可没什么机会。"我挠了挠头，"谢谢你这次约我出来。"

她露出有些心虚的表情，然后笑了。"你以前不是参加过徒步旅行吗？现在不去了？"

"一个人去很无聊的。"

"那下次我陪你去好了。"

"真的？"

"当然了。我可不会临阵脱逃。"

"那我可得特意选一条超高难度的路线。"

"随便你。但你可要掂量掂量自己的体力。"

我们沿来路驶入湾岸线。这时，就像关上了水龙头一样，大雨忽然停了，乌云的间隙中甚至还露出了蓝天。

"真幸运，计划一取消天就晴了。"

"下雨没关系，主要是海上风浪大。"

车驶过跨海大桥。我提议休息一下，她同意了。

她把车停在大黑埠头的停车场。因为是周六傍晚，停车场很挤，餐馆里也人满为患。

我们买了汉堡和饮料，来到能遥望埠头的广场。雨已经完全停了，清凉的空气让人相当惬意。

"啊！"秋叶指向天空。我看向她指的方向，也不由得"哦"了一声。那里有一道短短的彩虹。

"已经好多年没见过彩虹了啊……"

我手拿汉堡，出神地看着那美丽的光景。周围的人群欢声雷动地看着天空，秋叶也是其中之一。

"看到好东西了。"我说。

她微笑着点了点头，然后向我靠近一步，表情很严肃。"渡部先生。"她踌躇着，声音像挤出来一样，"关于你的外套，真是很抱歉……对不起。"她低着头，又低声说了一次对不起。

那一瞬间，我脑中一片空白。我觉得能像这样放下各种各样的顾虑、矜持和警戒心来和她相处实在是太好了。我深呼吸了一下，说道："机会难得，要不要一起去喝酒？"

秋叶抬起头，脸上既没有惊讶的神色，也没有显得不高兴。

"机会难得嘛。"我又重复了一遍。

秋叶考虑了大约五秒钟，然后简短地答了一声"好"。

在大黑埠头看完彩虹，我们先去了东白乐，她父母家在那里。她的车平时似乎就停在那里的停车场。

我对她家的情况很感兴趣，但她让我在东白乐站下了车，说要把车停进停车场，然后顺便进去换身衣服。我下了车，她就沿着一条很陡的坡一路开了上去。

我在车站旁边的便利店里打发时间。过了一会儿，秋叶出现了。她穿着黑色抹胸，外面套着黑色夹克。从抹胸边缘能窥见她的乳沟，我不禁有些紧张。

"家里都有谁？"我问道。

她摇了摇头。"没有人了。"

"嗯？那你父母呢？"

"母亲在我还小的时候就去世了，我也没有兄弟姐妹。"

"那你父亲呢？"

"父亲……"说到这里，她咽了一口唾沫，"父亲在不在都没什么区别。那个家里已经没有人了。"

秋叶的话里疑团重重,让我非常困惑。看起来情况比较复杂,我在心里敲响了警钟。这时候赶快转变话题是最好的办法。

"我们先去横滨好吗?"

秋叶的表情缓和下来,点了点头。

在横滨吃过饭后,我们去了酒吧,并排坐在吧台旁,喝了好几杯鸡尾酒。秋叶知道不少鸡尾酒的名字,但她的了解似乎也仅限于此。她解释说,她有个熟人经营酒吧。

谈了会儿无关痛痒的话题后,我下定决心迈出了一步。"你刚才跟我道歉了吧。"

秋叶移开了目光,摆弄着酒杯。

"之前你说没办法道歉,还说'要是能无所顾忌地道歉该有多轻松'。那是什么意思?"

毫无疑问,这是秋叶不愿被问及的话题。我想她可能会生气,但我实在太在意了,无论如何都想知道。

"对不起。"她低喃道。

"什么?"我看着她的侧脸。

"对不起——这还真是句很方便的话啊。听到这句话的人一般都不会不高兴的。只要说了这句话,就算犯点错误也很容易被谅解。以前我家旁边有块空地,左邻右舍的小孩都在那里玩球。球经常会打到我家栅栏上,有时还会飞过栅栏落到院子里。每当那时,那些小孩就会按我家门铃,然后一本正经地说:'对不起,请让我们把球捡回来。'我母亲平常很不喜欢小孩玩球,但小孩这么一道歉,她就什么话也说不出来。当然那些小孩也明白,所以就简单说句'对不起'。

其实他们不可能真心觉得抱歉。'对不起'这句话真是万能啊。"

"所以你讨厌这句话?"

"我只是不想随便说。除非歉意从心底涌出,不由自主地说出口。"秋叶喝了一口酒,继续说道,"至少,我觉得这不是一句别人让说就能说出口的话。"

我很明白她的意思。"对不起"的确是句很方便的话,常常会不经大脑就脱口而出,这种情况不能算道歉。但我没想到,她居然在这方面这么固执。

"你还说'就不会这么痛苦了'。你说要是能无所顾忌地道歉就不会这么痛苦了,那是什么意思?你现在因为什么事情很痛苦吗?"

秋叶微微皱了皱眉,我不禁有点慌了。"啊,那个……我没有刨根问底的意思,只是有点在意。你要是不想说就算了,对不起。"

她转过头,扑哧一声笑了出来。"你倒是立刻就能说出对不起啊。"

"啊……"我不由得捂住了嘴。

"一般情况下都是这样的,这我知道。是我不太正常。"说完她抬起手来看了看手表。

我也看了一眼时间。"我们走吧。"

她微笑着点了点头。

我喝干了杯中的酒,站起身来。这时秋叶说道:"到了明年四月……"

"什么?"我惊讶地看向她。她双手握着酒杯,深呼吸后说道:"准确地说应该是三月三十一日。等过了那天,我也许能跟你多说一些。"

"那天是你的生日?还是……"

"我的生日是七月五日,巨蟹座的。"

我不由得暗暗记了下来。

"那天对我来说，是人生最重要的日子。我等那一天已经等了很多年……"她说到这里，轻轻摇了摇头，"我说了些奇怪的话，请你忘了吧。"

这样一说，听的人反而忘不掉了。正在我斟酌该怎么回答时，她站了起来。

我们乘出租车到了横滨，又转乘电车前往东京。她要回的不是父母家，而是高圆寺的公寓。

我一直想当然地以为她周末会在父母家过，所以有点意外。我不禁在想这是不是她想表达的某种信息，比如可以带我回她的住处。在去东京的路上，我胡思乱想了很多，精神高度紧张。秋叶则一直看着车窗外面。

到了品川站，我正要说送秋叶回家，她已经下了车，和还在车里的我面对面说道："今晚多谢你的招待。晚安。"

她一点余地都没留给我，我也只能道声"晚安"。

但和她分开后，我还是给她发了一条短信："今天玩得很愉快。虽然打听了一些很在意的问题，但我决定把它们忘掉。下次还可以约你出去吗？"

快要回到位于东阳町的家时，我收到了她的回复。我在公寓大门前激动地打开了短信，内容很短："你觉得不行吗？"

"呃……"我一面沉吟一面关机。我不明白秋叶的真心，但还是抑制不住激动的心情。我已经很多年没有享受过和异性周旋的乐趣了。

在向电梯间走去时，我提醒自己不能过分激动。我已结婚，连孩子都有了。虽然对秋叶有好感，但充其量是"疑似"的恋情。我是在玩游戏，不能动真格的。

我家在这栋公寓的五层，是前年秋天买下的两居室。我用钥匙打开门，一进去就看见妻子有美子正面朝餐桌摆弄着什么。听到我回来，她抬头看了看墙上的挂钟，说了句"回来得好晚"。已经快晚上十二点了。

"去喝了点酒。"

"我就知道。饿了吗？"

"我吃过了。"

"吃的什么？"

"嗯……各种各样的东西。炸鸡块、烤鸡肉串什么的。"

我是打着和同事去练习高尔夫的旗号出去的，要说起吃饭的地方，也必须和这个情况相符。这样考虑的话，也就是一般的居酒屋了。

我实在不明白为什么女人总想知道丈夫在外面吃了什么。新谷也说过同样的话，看样子各家的老婆都一样。

我换上家居服回到客厅，有美子还对着餐桌。桌上放了五六个鸡蛋壳，还散落着颜色鲜艳的布片。

"你在做什么？"我问道。

有美子抬起头来，拿过放在旁边的东西给我看。那是贴上了红色布片的鸡蛋壳，蛋壳一端的圆形部分已经剥掉了。"你看这是什么？"

"红色的鸡蛋呗。"

"那这样呢？"她说着把一个小小的圆锥状物体扣到蛋壳上。

我不由得"哦"了一声。"这样看起来就是圣诞老人了。"

"答对了。很可爱吧?"

"你做这个干吗?"

"课上要讲怎么做圣诞节用的小饰品。我正在做准备呢。"

"可现在才九月份啊。"

"动手早的人家一到十二月就开始摆放圣诞节饰品了,所以课得在十月底或者十一月初就开始。"

"哦。"我拿过蛋壳。蛋壳一端有一个很整齐的圆形开口,应该就是从那里清空蛋清蛋黄的。

"你别弄坏了。"

"知道啦。"我把蛋壳放回桌上。

有美子是文化学校的讲师,每周讲一次课,教授手工艺品制作。课时费不怎么高,可她自从生完小孩就和外界断了联系,有这份工作令她挺高兴。

有美子比我小两岁,和我在学生时代就认识,然后恋爱,分手,再复合,这么折腾了好几次,总算在九年前的春天结婚了。一直到四年前孩子出生为止,有美子都在证券公司工作。

我们的女儿叫园美,现在已经在隔壁以拉门隔开的和室睡下了。园美还在上幼儿园。自从她出生以来,我和有美子就分房睡了。

我从冰箱里拿出一罐啤酒,有美子停下了手里的活。

"给你做点下酒菜吧。"

"嗯……来点清淡的东西吧。"

"清淡的是吧?"她边想边走进厨房。我一面喝酒一面看电视新闻。啤酒喝到三分之一时,有美子端着盘子出来了,是粉丝色拉。

我吃了一口。她问道:"味道如何?"

我打了个 OK 的手势,她满足地点点头,继续去做蛋壳圣诞老人了。对她来说,做一盘粉丝色拉比修指甲还简单。

我就着色拉喝了两罐啤酒,然后就回卧室了。我对有美子抱有轻微的罪恶感。虽说没有重大的出轨行为,但确实骗了她。

上床后,我扪心自问。

没关系,我并没有动真格,只是因为和年轻女子亲近而有点春心荡漾。证据就是一进家门,我就变回了和以前别无二致的丈夫和父亲。我怎么会和秋叶有不正当的发展呢?

没关系,我一定没关系。

5

关于出轨有很多不同的定义。有人认为："和配偶以外的异性单独见面就是出轨，约会更是不可想象。要是知道发生了这种事，当事人的配偶就会受到伤害。只要伤害了配偶，就是出轨。"

还有人持反对意见："就算结了婚，也还是活生生的人，禁止已婚者对其他异性抱有好感是不可能的。约会还是可以的，只要注意不被配偶发现。不如说，正是那种心跳的感觉才能给生活增添色彩，反而让夫妻感情更好。只到接吻这一步还是可以原谅的，重点还是在于有没有发生性关系。"

每个人的价值观不一样，给出轨下的定义当然也不一样。而且根据状况不同，意见也是会变的。我以前就同意前者的意见，觉得结了婚就不能再和别人约会。

自从遇到秋叶，我的想法迅速向后者倾斜，觉得只要没发生性关系就不算出轨。当然，这是因为后者能让我心安理得。

那天，一个认识的同行送给我一张位于横滨某家酒店内的餐厅招待券。一听是横滨，我别提多兴奋了。

我给秋叶发了一条短信："我拿到一张两人使用的招待券，但找不到能一起去的人。你能跟我一起去吗？"

要是秋叶回复"和你老婆一起去不就好了"之类的内容，我就立刻放弃，也不打算解释什么"老婆要照顾小孩没空"。

好不容易等到了她的回信："要是很有档次的餐厅，就得考虑穿合适的衣服了。"

我在电脑前无声地庆祝起来。

在上次约会的十天后，我和秋叶又来到横滨，在能看到巨大摩天轮的餐厅里用餐。菜品和红酒都很美味。秋叶穿着一件黑色连衣裙，简直和女明星一样。

在酒店的餐厅吃饭很微妙。酒店里还有很时髦的酒吧。而且因为是酒店，所以也可以很方便地住下来。

但我既没有想象过，也没有期待餐后的旖旎时光，反而觉得不能把一个单身女人留得太晚。

用餐中的话题以公司和兴趣为中心。秋叶对公司的工作方式似乎相当不满。可能是我口风紧让她比较放心，她毫无隐瞒地全都告诉了我。但她从不说别人的坏话。

关于兴趣，秋叶不用说是冲浪，而我是徒步旅行。但她的兴趣还是现在进行时，而我的已是过去式了。

"在丹泽有个叫小川谷的地方，有十来个连在一起的瀑布。夏天时，我经常背着登山包，被浇得湿淋淋的还去爬呢。那一带河里的鱼没怎么和人接触过，警戒心很弱，随便垂根线下去马上就能钓上来。那里的大石头都滑溜溜的，下来时就跟坐滑梯一样，最后会扑通一声滑进河里。"

听着我绘声绘色的描述,秋叶问道:"你现在不去了吗?"

一句话就让我的兴致衰减了。我只能微微一笑,说了句"工作太忙了"。

我不由得注意到自己在十年间到底失去了多少东西。就算有像现在这样和年轻女人一起吃饭的机会,也完全没有目前正在谈及的新鲜话题。无论是美好的体验,还是自吹自擂,都已经是遥远的过去。

就在主菜送上来时,秋叶问起了我的家庭。她没问我的妻子和孩子,而是我的父母和兄弟姐妹。

我的父母还健在,住在埼玉县的新座市。唯一的妹妹七年前和一名公务员结婚,现在住在川崎的一幢公寓里相夫教子。

"很普通的家庭。"秋叶点头说道。

"嗯,没什么值得一提的,的确是很普通的家庭。不过普通反而有普通的好处。"

"你在普通家庭长大,所以能建立起普通的家庭……"

"什么意思?"

秋叶摇了摇头。"没什么深刻的意思,只是在说你的实际情况。"说完,她开始切主菜里的肉。

我猜她可能想问我妻子的事情。她到目前为止完全没问,我也不想主动提及。

我问了她父亲的事。问题很简单,就是问她父亲从事什么工作,她却立刻垂下了视线,表情也变得严肃了。我惊觉可能触到了雷区,连忙做好心理准备。要是情况不对,我就得立刻改变话题。

"我父亲做过很多种工作,每天都飞来飞去。他已经六十岁了,但很精神，身体也很好。"

她的话让我松了一口气。幸好气氛没往紧张的方向发展。"他住在东白乐的房子里吗？"

"不，他基本不住那里。他有好几处房子，会根据工作需要变更住处。"

看来秋叶的父亲是个很能干的实业家。

"这么说，那个家里没人？"

"嗯。"

"你为什么不住？公司在日本桥，离东白乐比你现在住的公寓要近啊。"

秋叶一脸意外地看着我。"在那个家里一个人住？"

"不是，我不知道你家是怎么样的……哦，对了，你家很大吧？"

"算不算大……这个不太清楚。"她歪了歪头，取过酒杯。

这个话题看样子不太好。我开始找寻其他话题。

从餐厅出来后，我们去顶层的露天休息室喝了点酒。一面喝啤酒一面眺望夜景时，我想起了上次在新宿的事。

"最近你还去玩那个吗？"我问道。

"什么？"

"就是这个啦。"我做了个挥棒击球的动作。

"啊。"秋叶的表情有点尴尬，"我也不是经常玩，那时有点疏于运动，而且积攒了不少压力……所以……只是偶尔去玩玩。"

"还真没怎么见过女人独自去击球中心。"

"一个人去不行吗？"

"不，不是那个意思。"

"以前倒是有段时间沉迷保龄球。"

"保龄球？你打得好吗？"

"还不错。"她显得颇为得意。

"我对打保龄球也有自信，学生时代打过很长时间。"

秋叶翻了翻眼珠，看着我道："那要不要去打一局？"

"行啊，随时奉陪。"我点了点头，喝了口酒。

"你不会又像冲浪时一样临阵脱逃吧？"

"不会的，那时是不可抗因素……"

我还没说完，秋叶就站了起来。我奇怪地问道："怎么了？"

她若无其事地俯视我道："走吧。"

"去哪里？"

"那还用说？当然是保龄球馆。"

半小时后，我们来到位于日出町站旁的保龄球馆。秋叶干劲十足，我也为了能有好的表现而拼尽全力。

但尽力并不一定就有好结果。我们的战绩都惨不忍睹。记分表上表示成绩的记号屈指可数，失误倒是应有尽有。

"说实话，我还是第一次打出这种成绩。"

"是因为很久没打了吧，我也不在状态。"

"这绝对不对劲。再来一局，没问题吧？"她没等我回答就按下了"开始"的按钮。

然而第三局的成绩仍然惨不忍睹。在最后一投失误后，她无奈地垂下了头。

去柜台结账回来，我看到秋叶正对着墙上的镜子重复做投球的动作。

我想起了在新宿的击球中心见到她时的情景，那时的她和现在有着一模一样的表情。我想，这说不定才是真正的秋叶。我在餐厅和酒吧看到的装腔作势的表情和说话方式都不是真正的她。

从保龄球馆出来后，她还没从消沉中恢复过来。"不应该是这样的。我今天状态不好。"

我强忍着笑，表示赞同。

我们拦了一辆出租车，前往横滨站。但半路上秋叶"啊"了一声。"我有事要回父母家。"

"那我送你回去吧。"

"不用了，我在这里下车。"

"没关系，又不是很远。"

她微微点了点头，同意了。

到了东白乐站旁边，她给司机指出上坡的路。坡道很陡，路也不宽。

车驶上坡道，眼前忽然出现一条大路，众多小路在这里汇集。大路十分平坦，两旁都是栅栏高筑的气派住宅。

我们到了一栋住宅前面，不对，还是叫别墅更合适。秋叶让司机停车。看见门前的柱子上刻着"仲西"二字，我感叹道："真气派！"

"只是外观还不错。"秋叶似乎对房子一点兴趣都没有。她刚要下车，却忽然停了下来，目不转睛地盯着旁边的停车场。

一辆国产高级轿车停在我曾经搭过的沃尔沃旁边。车旁站着一个男人，看样子正准备上车。男人混了些许银丝的头发梳理得一丝不乱，显得很有教养。他额头很宽，鼻梁笔直。

"是你父亲？"我问道。

秋叶沉默地点了点头，表情有些紧张。

我也跟着秋叶下了车。她的父亲看上去有点惊讶，来回打量我们两人。

"回来有什么事吗？"秋叶问道。

白发男人有些犹豫地点头道："来取资料。"

"哦。"她点点头，转向我，"这位是渡部先生，是我现在公司的同事。我们刚在横滨吃过饭。"

没想到秋叶连我们一起吃饭的事都说了。我吃了一惊，惊慌失措地打招呼道："初次见面。"

"我是秋叶的父亲。女儿蒙你照顾了。"他的声音很沉着，说完就用那种打量未来女婿的不太善意的目光观察起我来。"是他送你回来的？"他问秋叶。

"嗯。"

"哦。"他又看了看我，"麻烦你特地送她回来，真是不好意思，回去时路上小心。"

我正准备说"那我先走了"，秋叶插嘴道："渡部，我想请你进来喝杯茶，可以吧？"

我惊讶地看向秋叶，她则直直地盯着父亲。

"哦……这样啊。"秋叶父亲的目光里既有疑惑，又有指责。但他很快就放缓了表情。"那你们慢慢聊。"那笑容明显是装出来的。

秋叶转身向出租车司机解释了一下，开始付车钱。我赶紧掏出钱包，但为时已晚。

"多少钱？"我问。

秋叶沉默着摇了摇头，转向她父亲。"那么晚安了，爸爸。"

她父亲露出些许狼狈的神色。"嗯，晚安。"他说道。

"渡部，请进。"秋叶脸上浮现出我从没见过的温柔笑容，向门口走去。

我向她父亲点头致意后，连忙跟上了她。我感觉到了背后投来的视线，但不久便传来了车门关闭和发动引擎的声音。

站在门口的秋叶一直看着父亲开车离开。她目光冰冷，和刚才判若两人，我吓了一跳。也许是注意到了我的视线，她一转向我就笑了。"请进。"她边开门边说。

院内比外面还要豪华。从大门到玄关的通道很长，玄关的门很大，入口宽敞。但屋内空气冰冷，能看出很长时间没人住过了，时间仿佛停滞一般。

秋叶带我来到四十叠大小的客厅。茶色的皮沙发摆成半弧形，中央放着一张凭人力根本搬不起来的巨大大理石桌。她让我坐在三人沙发的正中间。

无论是家具还是摆设，看起来都是高档品。挂在墙上的风景画估计也出自名家之手。就连组合柜上的电话机分机都不像是普通货。

不知去了什么地方的秋叶回来了，手拿托盘，上面放了一瓶白兰地和两个酒杯。

"不是说要喝茶吗？"

听我这么问，她睁大了眼睛。"还是茶比较好吗？"

"不是，我随便。"

秋叶坐到我旁边，拧开瓶盖，给两个杯子里倒上了白兰地。将其中一杯递给我后，她和我碰了碰杯，喝了起来。

"那个，我不太明白是什么状况。"我看着她的嘴唇说道。

"状况？"

"你为什么会忽然请我喝茶？在出租车上你可没这么说。你和你父亲怎么了？"

秋叶盯着杯子。过了一会儿，她抬起头微笑道："你不用在意我父亲。无论我做什么，带谁回家，他都不会说什么的。"

"我不是问你这个，我想知道你为什么忽然想带我进你家。"

秋叶端着酒杯站了起来，转到沙发后面打开窗帘。宽大的落地窗外是庭院，但院子里一片漆黑，只有她映在玻璃上的身影清晰可见。

"没什么特别的理由，只是想让你看看这个家。"

"看看这个家？那个……房子是很豪华……"我又环顾室内，"但你父亲不像是个风趣的人。"

"我不是说了吗？让你不用在意我父亲。"她转过来说道，"他应该注意到你已经结婚了，但还是什么都没说。他就是这样的人。"

我不知道秋叶这么说有什么目的。

秋叶闭上眼睛，就像是在回味房间里的空气般深吸了一口气。"我已经好几个月没来过这里了。"

"是吗？"

"就算回来，我也只是去二层我的房间。"

"为什么？"

她没有回答，像要确认什么似的环视四周。"父亲已经放弃这个家了。这里既没有人住，也没留下什么美好回忆。但总是找不到合适的买家，父亲和不动产公司都很头疼。"

"大概因为太豪华了吧。"

秋叶一口喝干了杯中的白兰地，擦了擦嘴，看着我。"不会有人想要这种家的。"

"是吗?"

"要知道,"她直直地盯着我道,"这里发生过命案啊。"

"什么?"

我一时间无法理解她的话,想了好几次。命案、命案、命案……

秋叶走到我旁边。"在这里,就像这样。"她忽然躺倒在大理石桌上,四肢伸成"大"字,"这样倒在这里,被杀了。就像两小时的特别延长版电视剧一样,那种有锵锵锵锵音乐的悬疑电视剧。"

我总算注意到她已经醉了。想起和她在击球中心相遇的那一夜,我放下酒杯站起身来。

"我要回去了。"

"为什么?"她躺着问道。

"因为你好像喝醉了。"

我正准备走,秋叶却冷不防拉住了我的裤脚。"别走。"

她拉着我的裤脚不放,从桌上跌落下来,四肢着地,趴在沙发和桌子间的空地上。

我蹲下身,把手放在她肩上。"你还是去休息吧。"

"那你呢?"

"我要回去了。"

"不。"她抱住我,"别把我一个人留在这种地方。"

6

要是用漫画来表现，那我的头上一定冒出了很多问号。总之，摸不着头脑的事情太多了，让我感到脑子不够用。

但一片混乱中，有一点我是很清楚的，那就是她的拥抱让我心动不已。

我慢慢抱紧秋叶，指尖感受到她的柔软。她的体温静静地流淌过来。

我不知道她为什么哭，这是我第二次看到她流泪。虽然莫名其妙，我也没想去深究其中的原因。我只知道有什么让她哭了，这就够了。

我们的唇叠在了一起。那一瞬间，占满我整个大脑的各种谜团像冰山毁坏般开始崩塌，进而融化、流走，卷起的汹涌波涛在我脑中徘徊，最后不知被吸入了哪个洞穴，好像拔出了浴缸塞子。

在我们的唇分离时，浴缸里的水已经完全流光，就连曾经在那里发生过什么都看不出来了。

"要去我的房间吗？"秋叶问道。

"可以吗？"

"当然，但有段时间没清扫了。"她站起来，仍旧抓着我的右手。

我被拉着走出客厅，踏上楼梯。楼梯穿过天花板直通二层。

二层有不少门，秋叶打开了其中一扇，却立刻又关上了。她转头看着我说道："你在这儿等一下。"

似乎是有什么不想被外人看见的东西，我边想边点了点头。

我留在昏暗的走廊上，看了看手表，已过午夜十二点。今天是工作日，明天也是。我在这个时间待在这种地方本身就已相当麻烦。我应该怎么跟有美子解释呢？早晨出门时，我跟她说要和客户在横滨吃饭。

彻夜不归会让事态更加恶化，这比任何事都要糟糕。干脆就说受客户邀请去唱卡拉OK了，但难道去了二十四小时营业的店吗？不行不行，这么说一定会露馅。

我正考虑这些事情，房门打开了。

"请进。"

秋叶已经换了衣服。她穿着质地柔软的连衣裙，看样子是室内便服。

"打扰了。"我说着走进房间，环顾室内，不禁有些吃惊。

我看到的是一个高中生的房间，而且是十几年前的高中生的房间。房间有八叠大小，壁纸以白色为底，上面装饰着细碎的花纹，朝向阳台的玻璃窗旁放着书桌，上面摆着高中的参考书。小书架上的书并不多，倒是一些小物件和小饰品占了不少地方。床上还有毛绒狗。

"这里从我上高中起就没变过。刚才我也说了，我就是从那时开始不再用这个房间的。"

"'那时'是什么时候?"

她紧紧地注视着我的眼睛,似乎想从我的眼神中寻找什么。"现在跟你解释比较好吗?"

"你要是不想说也没关系。"

她移开目光,沉默了一会儿,然后终于放松了双唇,看着我说道:"嗯,今天晚上我不想说。"

"那我就不问了。"我的手环上秋叶的肩,把她拉了过来。

她没有抵抗。我们很自然地拥抱、接吻,又回到了刚才的状态。

我一面和她接吻,一面想着如果继续做下去,事情将无法挽回。但另一方面,我非常兴奋,预感到接下来的时间会非常美妙。我想和秋叶做爱,想脱掉她的衣服,抚摸她的肌肤,让彼此的身心合二为一。

我想把她带到床上。她说:"把灯关掉。"

"嗯。"

我关了灯。黑暗中,我们再次确认了彼此唇的感触。眼睛渐渐适应黑暗后,我们来到床边,一起坐下。

"对不起。"她说。

"为什么道歉?"

她没有回答。

我们缓缓地躺了下来。

就这样,我们越过了那道不该越过的底线。之前觉得那道底线上耸立着巨大的高墙,可一旦越过去,就发现那里其实什么都没有,高墙只不过是自己制造的幻觉。

但我并不想说"所以没什么大不了的",而是正好相反。

就算是幻觉,因为看到了那座高墙,就不会想象跨越底线的情形。但对现在的我来说,高墙已经不存在了,只能靠自己来控制感情。

我决定把这一夜的事当作一时意乱情迷的结果,并就此打住。但真能如愿吗?既然知道了底线那一边是美好得让人目眩的甜蜜世界,那么我还能控制自己不再跨越吗?现在我知道底线上并没有什么高墙,只要一步就能轻易越过,却必须控制住自己,那是不可能的事情。

早晨的阳光从窗帘的缝隙里漏了进来。我只睡了一会儿。醒来时,我的右臂搂着秋叶纤细的肩膀。她睁开眼睛,直直地看着我。

"要回去了吗?"她问道。

我拿过放在床边的手表,现在还不到六点。"我们总不能一起去上班吧。"

"那样说不定会很有趣,但不可能啊。"她坐起身来。我看着她白皙的背部,晨光照在上面,就像瓷器一样闪着光泽。

我一面穿衣服,一面开动脑筋思考如何向有美子交代。昨晚我关了手机,但一定有来自她的一堆手机短信和未接电话。

穿戴整齐后,我又仔细检查了一遍,看身上有没有留下什么痕迹。秋叶的书桌上有面小镜子,我对着它仔细检查了脸和脖子。万一留下口红印或者吻痕就糟了。

秋叶已经在客厅煮好咖啡等我了。我坐在沙发上喝着咖啡,心里却相当不平静,看了好几次手表。

"别着急。"秋叶的手抚上我的膝盖,"喝完这杯咖啡你就赶快回去吧。"

她应该看穿了我的心事。我不由得否认道:"我又没有着急。"

秋叶轻轻地笑了。"别勉强。我没有讽刺你的意思。"

咖啡的香味很淡,大概是用放了很长时间的咖啡豆磨的。

"你接下来怎么办?"

"我就从这里出发去公司。"

"哦。"

在秋叶的目送下,我离开了仲西家。晨光初晞,我走的这条路直通东白乐站,是个大下坡。

路上,我停下来检查了一遍手机。不出所料,我收到了有美子的短信,而且有三条。内容都一样,但越晚紧迫感越强。

"怎么了?""出什么事了?""看到短信请立刻和我联系。"

我胸口发疼。她大概做梦都没想到我会出轨。她担心我是不是遇上事故了,说不定到现在还没睡,还在等着我的电话。

我把想好的说辞总结了一下,给有美子打了电话。电话立刻就接通了。"喂。"我听到了有美子的声音。只凭这一声,我就感觉到了她的紧张。

"是我。"

"发生什么事了?"她问道,似乎已经认定我遭遇了什么不好的事。

"那个……出了点麻烦。"

我开始讲那个编好的故事:和客户连轴转地喝了好几场酒,最后客户烂醉如泥。好不容易把他弄上出租车,但他一个人根本回不去。没办法,我只能送他回家,结果他家竟在横须贺。千辛万苦把他送回家后，我现在正在回家的路上。"

"什么啊，这种事情不是第一次了吧？"

"是吗？"

"上次说外套被一个喝醉酒的女人吐脏了。"

"哦。"她这么一说，我才想起来。我刚才的那套说辞不就是上次送秋叶时的情景吗？

"还真是这么回事。"

"你还真是经常碰上这种事啊。是不是好人做得太过头了？上次就是被新谷他们硬塞的送人差事吧？"

"但这次是客户……"

"不管怎样，你没出事就好。但你好歹也给我打个电话啊，你这样我会担心的。"

"我想你应该已经睡了。对不起，以后我会注意的。"

让我惊讶的是，有美子对我这套说辞居然完全没有起疑心。挂了电话，我叹了口气，继续往车站走去。

我一面走一面想，逐渐明白了。有美子根本没有理由怀疑。到昨天为止，我一次出轨的举动都没有过，也从未撒过这样的谎。在她的思考模式里，根本就没装进所谓的"老公彻夜不归要警惕"的警报器。

但这不代表以后也能高枕无忧。今天我已经撒了第一个谎，而这次的事情也给有美子留下了印象。不知什么时候，它就会刺激起女性特有的直觉。

撒谎仅此一次，下不为例。我暗暗对自己说。想想出轨曝光的后果，我就不由得打了个冷战。

虽说如此,我也绝非一直都在反省。我走在黎明的街道上,和秋叶度过的那如梦的一夜不断在我脑海中重演。要是有谁在那个时候观察我,肯定会发现我表情淫荡。

有个认识的女子说过:"只做一次是出轨,继续下去就是婚外情了。"

的确,电视剧和小说里似乎就是这样分类的。

于是我遵循这样的分类准则,觉得只要把和秋叶的关系定格在出轨这一层,就应该没什么大问题。我只是犯了一次错,借着酒劲干了件错事……有很多说法。

在去公司之前,我是这样打算的:在公司和秋叶碰面,就一如既往地像什么都没发生过似的打个招呼,回到以前两人在工作上几乎毫不相关的状态。但在看到秋叶的瞬间,我就知道那不可能了。我情绪无比高昂,体温上升,那种让人头晕目眩的快感一下子复活了。

周末,我们去了台场的餐厅吃饭,然后在预约好的酒店过了一夜。我对有美子谎称出差,这真是很老套的说辞。

罪恶感当然存在。有美子什么错都没有。无论是作为妻子还是母亲,她都做得很好。我竟然背叛了这样的她,连我都觉得自己无耻。我现在做的就是背离人伦道德的事情。

可是,和秋叶在一起时,我是幸福的。我喜欢她。不知从什么时候开始,这种心情已经强烈得连自己都无法控制。以前,只要能和她见面,我都觉得很快乐。现在我们一起吃饭,一起喝酒,还发展到了性关系。我一次得到了不久之前做梦都没想到的东西。一旦得到,我再也不愿放手。

星期六早晨，我躺在酒店的床上抚摸着秋叶的头发，下定决心。既然决定要这么做，就只能小心翼翼地不让其他人知道。撒谎和演戏都是我以前很不在行的事情，但以后也要习惯。

"想什么呢？"秋叶抚摸着我的胸膛问道。

"没什么……"我应付道。

她叹了口气。"你想逃了，是吧？"

"你这么觉得吗？"

"我说错了吗？"

我看着秋叶的眼睛。

"要是你厌倦了这样的关系，我也不会说什么。"秋叶嘴角上扬说道，唇上的口红已经脱落。

"我会为自己的行为负责的，我做好了心理准备。"我点了点头，亲吻并抱紧了她。

至于接下来怎么办，我完全没有头绪，也完全不知道我们会变成什么样。

只有傻瓜才会有婚外情。他们只顾追求一时的快乐，却破坏了好不容易得到的幸福家庭，是最傻的傻瓜。

我现在还抱着这样的想法，于是我认为自己也是个傻瓜。

但有一点我弄错了。婚外情并不只是追求一时的快乐。就算刚开始时如此，一旦陷进去，就无法再马虎对待。

婚外情是地狱，是甘美的地狱。就算再想从这地狱中逃出，也还是会输给栖息在内心中的恶魔。

7

在约会过几次以后，我和秋叶渐渐形成了一种模式。我们基本都在星期四见面，因为两人在星期四都会相对较早地下班。碰头地点在新宿的大型体育用品商场。选择那里并没有特殊的理由，几次约会下来，不知怎么就固定下来了。

见面以后，如果两人都没有什么提议，就去伊势丹旁边的居酒屋吃饭。秋叶喜欢日本酒，我则喝啤酒。有了击球中心那次难看的醉酒经历后，她从来都不喝多。

从居酒屋出来以后，两人一起坐电车前往秋叶位于高圆寺的住处。

秋叶的住处是一居室。房间里没有餐桌，木地板上铺着松软的地毯，上面摆着玻璃茶几，旁边放着两个圆形坐垫。

卧室比客厅还要小，里面有一张小双人床和一个有很多抽屉的柜子。

一进门，我就坐在坐垫上，打开电视机。我没有什么特别想看的节目，只是觉得没有声音会很孤寂。

换上室内便服后，秋叶会拿来啤酒和一点下酒菜。我们不用杯子，直接用啤酒罐碰杯，然后一定会互道"今天辛苦了"。

我总是难逃内疚，所以在秋叶那里还是不能完全放松，但在她那里伸直了腿坐着，内心深处就会涌起和恋人在一起的久未体会的幸福感。这种感觉在和有美子结婚一年前就消失了。我就像个陷入初恋的高中生或大学生，压抑不住地想要触碰秋叶的身体。我和秋叶无数次接吻、做爱，和有美子却已好几年没有接过吻了。

我在秋叶那里最多停留两个小时。其间我们不断做爱，几乎每次约会都如此。我对此非常惊讶。至少半年之前，我还从未想到自己会有这样性欲高涨的时候。之前，我甚至认为自己已经是个枯萎的男人了。

知道自己还有如此活力，我相当吃惊，并因认识到这一点而欣喜。要是在不知道的情况下终了一生，那该是一件多么可怕的事情。

但男人真是一种自私的生物，一面体会着重新发现自我的刺激，一面又坚决不想放弃现在的家庭。就算我沉浸在和秋叶蜜月般的时间里，也还不时看一眼表。

"到时间了吧？"秋叶好像算好了时间似的。这句话帮了我大忙。

"嗯，是啊。"我只要顺势点头就好。

秋叶绝不会挽留我，也不会露出寂寞的表情。她送我到大门口，带着一脸无所谓的表情。

送别的时候她总是会说："可别在电车里睡着了。"

我点点头，跟她道晚安。她也会说晚安，随即关上大门，算是给我们星期四的约会画上句号。

在电车里，我不能光顾着沉浸在美好的回忆中。我抓紧时间检查手机，又整理穿戴，还得检查身上有没有染上秋叶的香水味。之后，我必须在头脑里编好故事。

我左思右想，预演着应该说今晚跟谁去喝酒了、晚饭吃的什么、在哪里吃的、在一起谈了些什么。什么都不说肯定不行，可言多必失，一不留神说了不该说的话就更糟糕了。

我乘上自家公寓的电梯时是最紧张的。有美子一定还在等我。她会用什么表情来迎接我？会不会发现了我有外遇，在我一进门的时候就质问呢？我脑中塞满种种不安。

"你回来啦？喝了不少吧？"

今晚，有美子的表情和往常没有任何区别。我以前有时也会因陪人喝酒而晚归，所以一周一次的频率不会引起她的怀疑。

我一面答着"没喝太多"，一面脱掉外套，坐到餐桌旁。我不能一回来就慌慌张张地逃进卧室。直面有美子让我很不好受，但我还是努力在说话时直视她的眼睛，慢慢说起在电车里编好的故事。有美子为我这个有外遇的丈夫沏了茶端过来。喝着这样的茶，我心里实在不是滋味，但必须装出很喜欢的样子喝掉。喝完茶，我发了发牢骚，说今晚一起喝酒的客户中，有个部长酒品实在太差。有美子苦笑着开始准备就寝。我用余光瞥见了她的表情，总算松了一口气。

去和室看了看已经入睡的园美，我回到了自己的卧室。这时，我最怕本该和女儿一起睡的有美子跟我一起进来。那是她求欢的信号。我竟然会害怕妻子求欢，这可能会被全世界的女性痛斥，可我和秋叶做过之后还没有洗澡，总觉得会被有美子发现痕迹，所以不敢让她看到我的身体。而且如果就这样和妻子做爱，我实在心里有愧。

更重要的是，我已经没有体力了。

幸好有美子和往常一样进了和室，我放下心来，这才去刷牙。换上睡衣躺到床上后，我长出了一口气。

自从我和秋叶发生关系以来，每个星期四几乎都是这样度过的。比起幸福的时间，神经高度紧张的时间占了大多数。重复着谎话和演戏，我的神经已被折磨得无比脆弱。

肯定有人会说，既然这么累，这么痛苦，就不要出轨了。没错，这话完全正确，我也很清楚。但当躺在床上，熄灭床头灯，一边注视着黑暗一边回想和秋叶度过的时间，我就彻底淹没在无比的幸福中。我甚至觉得只要陷入这种魔法一次，就能克服任何艰难困苦。

刚进入十一月，有美子忽然必须回一趟老家。她高中时代的恩师去世了，得赶回去出席葬礼。她老家在新潟县的长冈，她是上大学以后才来东京的。

"我想带园美一起去，她的外公外婆也很想她。"有美子一脸抱歉地对我说道。

"没关系。"我回答，接着确认道，"你要留在那里过夜吧？"

"嗯，我想那天晚上大概会有同学聚会吧。但这样就给你添麻烦了。"

"没事，就两天。"各种各样的企图和期待在我心中膨胀。听有美子说，葬礼将于星期六举行，她要留在那里过夜，这就意味着星期六晚上和星期天白天她都不会回来。"星期天什么时候回来？"

有美子想了想说："大概会留在父母那里吃晚饭，所以最早也只能坐晚上七点左右的新干线，到家要九点多了。"

"那可得提前买指定席①的车票。星期天人多,我今天去给你买票。"

"真的?那可帮大忙了。"

"交给我好了。"我扮演着善良的丈夫,实际上是想通过买指定席的车票,把她回来的时间确定下来。

上班的路上,我给秋叶发了一条短信,问她下周末要不要一起去旅行,顺便住一晚。过了几分钟,秋叶回复说好,问我要去哪里。我说还没确定,问她有没有想去的地方,她表示想去泡露天温泉。

中午休息时,我用公司的电脑搜索温泉旅馆。这种机会可不常有,所以我不想在选择旅馆上出什么岔子。

现在已是赏红叶的季节,双休日旅馆基本都人满为患。好不容易找到的是一家人均费用将近四万元的旅馆。我因高昂的价格吃了一惊,但立刻就下定决心,在网上完成了预约手续。

这是我第一次听说这家旅馆,但秋叶一听到旅馆的名字就瞪圆了眼睛,担心地问我去那么贵的地方有没有问题。

"这种机会不常有,所以豁出去了。"

我们在公司走廊里的自动售货机前小声交谈。

秋叶的目光落到手里装了奶茶的纸杯上。

"是啊。也许这既是第一次,也是最后一次了。"

听到情人说出这种话,有婚外情的老男人应该怎么回答呢?作为婚外情初学者的我不知道答案,只能沉默地喝速溶咖啡。

星期六早晨,我开车把有美子和园美送到东京站。有美子担心

---

①新干线的车票分为"指定席"和"自由席",指定席车票只能乘坐特定的某次列车,座位可以提前预订。自由席则可以乘坐当天所购车票区间的任一班次列车。

她不在时我的吃饭问题怎么解决，我告诉她不用担心。我一直送她们到检票口。园美问我为什么不一起去，有美子露出有些为难的表情，我感到格外心痛。

园美穿着黑色运动衫，戴着淡蓝色的帽子。过了检票口后，她还转过来冲我挥手。我也笑着冲她挥手道别。

等到看不见她们两人的身影时，我以百米冲刺的速度奔回停车场，跳上车发动引擎，急急忙忙向家驶去。

一到家，我就匆忙开始做旅行的准备。因为只住一晚上，其实也没有什么需要准备的。比起这个，由于是开我的车去，我对车里的扫除和布置倒是下了大功夫。

我的车是辆休闲旅行车，车内布置完全是家庭式的，配合园美喜好的东西尤其多，比如 Hello Kitty 的靠垫和布偶什么的。我把那些东西统统装进纸袋，塞进了后备厢。

准备完成后，我去了高圆寺。我把车停到车站旁，用手机打给秋叶。在等她期间，我无法抑制高昂的情绪，心跳得很快。

秋叶终于来了。她穿着黑色针织连衣裙，外面套一件黑色皮夹克。这身打扮很适合她，看起来比平时更有风度。真是个完美女人！我不禁在心底赞叹道。

上车后，她冲我笑了笑。"让你久等了。"

那笑容简直让我的心都醉了。每见她一次，我对她的迷恋就又增加一分。就像是隔了好几层薄膜，我渐渐看不清这份恋情将走向何处。

上了高速后，我得意忘形地飙得飞快。目的地是伊豆半岛的前端。

驶入湾岸线时，秋叶问我："放点音乐行不行？"

"行啊,那边应该有个 CD 盒,但没什么新歌。"

秋叶打开了放在脚旁的 CD 盒,抽出一张。"是'超级公主小茜'啊……"

"啊,那个是……"

那是园美经常听的,是她最喜欢的动画片的主题歌。

"你女儿喜欢看小茜啊。"秋叶把那张 CD 放回盒子。她的语气里并没有讽刺的意味,却反而让我焦虑起来。

"没想到里面居然放着那张 CD……是我大意了。对不起。"

"你干吗道歉啊?没什么大不了的嘛。"

我无话可说,只能直视前方专心开车。秋叶挑了张南天群星乐队的 CD 播放起来。

下午四点多,我们到了旅馆。在前台登记时,我犹豫了一下。在网上预约时,我用的是真名,所以不可能在这里写假名。但要是写了真实住址,不知以后会不会有什么麻烦。这种旅馆一般在事后都会邮寄一些请帖。

秋叶似乎看穿了我的担心,凑到我耳边轻声说道:"不如写日本桥的地址好了。"

我马上明白了她的意思。她让我写公司的地址。我点了点头,照此写下。比起胡乱编一个地址,这样写更保险。

接下来的问题就是入住者的姓名。我写下了自己的真名,随后稍加考虑,在另一个姓名栏里用片假名写了"秋"。秋叶在一边看了直笑。

办完入住手续,我们由女侍领着来到房间。这里的所有房间都不相邻,每个房间都有露天澡池和扁柏木的澡盆。

进入房间后,女侍做了一番说明。在选择浴衣型号时,女侍的话让我吃了一惊。

"先生穿大号的浴衣应该没问题。恕我失礼,请问夫人的身高是多少?"

"一米六五。"秋叶答道,完全不见狼狈的神色,只有我一个人惊慌失措。

"看样子她把我们当成夫妻了哪。"女侍退出去后,我说道。

"当然了,一般都会这样认为啊。"秋叶微微一笑,笑中带着寂寞。

我移到她旁边,轻轻揽过她纤细的身子。她闭上了眼睛,我开始吻她。

我不禁想,要是有两个身体就好了。我必须守护现在的家庭,可又非常希望能把秋叶称作自己的太太,希望有一天能不用假名,而是大大方方地写上真实的地址,堂堂正正地和秋叶来住这样的旅馆。

这天晚上,我过得如在梦中。泡过温泉后,我们回到房间享受美食。秋叶穿着浴衣。还没喝酒,她已面露绯红。

"这次是为什么来旅游呢?"

对于女侍的问题,我答道:"妻子说想来温泉,我们就来了。"

秋叶低下了头。

吃过晚饭,我们两人坐进露天浴池。天空中挂着一弯新月,亮度恰到好处。在月光中,秋叶的肌肤泛着白光。

8

自从和秋叶关系亲密后,我变得非常期待去上班,就连以前最让我郁闷的星期一早晨也变得精力充沛。不,星期一早晨是最让我兴奋的,因为周末两天都见不到秋叶。我们说好了,周末两天既不打电话也不发短信。在这两天里,我尽责地扮演好丈夫和好爸爸。

"最近你为家里做了不少事嘛,洗心革面啦?"星期天,在带园美从游乐园回来的路上,有美子这样问道。

"不用这么说吧。我只是觉得在工作轻松一点时要多陪园美玩玩。一旦忙起来,就不会有这样的机会了。"

"理由就这些?"

"就这些。还会有其他理由吗?"

"这样啊,我还以为你做了不好的事,借服务家庭来消除罪恶感呢。"

"我没什么罪恶感可消除的,又没做不该做的事。"

我一脚油门踩下去,故意强调了一句,内心却因害怕被有美子察觉蛛丝马迹而担忧不已。看来服务家庭做得太多反而不自然，唉，真难啊。

总之，我的生活很充实。去上班的时候，一看到秋叶，我就心情激动，双休日服务家庭的疲惫也随之烟消云散。

这样状态绝佳的我遇到了一个小小的考验。那是个星期四，我没有加班计划，很快就可以像以往一样和秋叶过二人世界了。

快下班时，我的手机响了，是有美子打来的。她首先道歉："在你上班时打扰你，真是抱歉。"

"怎么了？"

"园美发烧了。这个时间没有医院接诊，但也不能因为这点小病就叫救护车……"

我明白她的意思了，她是希望我能早点回去。今天早上出门时，我告诉她今晚也要晚归。

我很担心园美。要是烧得比较严重，就得考虑开车送她去医院了。

但还有秋叶。她已经下班离开了公司，一定是去我们一直以来见面的体育用品商场了。因为她乘地铁，现在无法联系上她。

"你能不能早点回来？"有美子的口气与其说在恳求，不如说带了一些责备的味道。

"好，我会早回来的。"我答道，"我想办法马上就回来。要不要去药店买点药？"

"我刚才给她喝了儿童用的退烧药，还是不要同时喝几种药吧。"

"是啊。那我马上就回来。"

我出了公司，在去车站的路上试着打了秋叶的手机，果然无法接通。我没办法，只好改发短信："我女儿发烧了，我得赶紧回去。

不好意思，今晚不能去你那里了。对不起，再联络。"

短信发出后我才反应过来，不必跟她说女儿发烧了，只要说有急事就行了。我一直尽量不让秋叶感觉到家庭的气息，但现在后悔也来不及了。

回家时，园美正在和室里睡觉。虽说睡着了，可是脸色潮红，看起来很难受。有美子说体温在三十八度左右。

"有没有其他症状？"

"傍晚吐过一次，而且还拉肚子。"

我们给急救医院打了电话，对方说让我们马上过去。于是我们抱着虚弱的园美离开了公寓。

给园美看病的是个实习医生模样的年轻医生，他认为是流感病毒影响了消化系统。他的解释一点都不专业，但得知园美的病情没什么大碍，我们总算松了一口气。

回到家，有美子把苹果打成泥，喂园美吃了。再次躺下时，园美脸上有了笑容。

"谢谢爸爸。"她虚弱地对守在旁边的我说道。看样子她明白父亲为了自己而提早回来了。

"没关系。"我笑着说道，觉得取消晚上的约会真是值了。女儿的笑脸是什么都比不上的珍宝。无论失去什么，这一点也不能放手。

园美睡下后，有美子从冰箱里拿出啤酒。"你本来要去喝酒吧，害你没喝成，来。"她为我倒酒。

餐桌一角摆放着一排蛋壳圣诞老人，共有七个，都是有美子做的。

"给幼儿园一个孩子的妈妈看了以后，她说想要一个，顺手给了她，结果有好多人都说想要，我还得再做十个。"

"十个？"

"因为不能厚此薄彼啊。"

"还真是辛苦啊。"

我一面喝啤酒一面问自己，还有什么不满吗？有美子无论作为妻子还是母亲都堪称优秀，园美更是可爱得不得了。这样的生活哪里不好？我还想要什么？

但一回到卧室独处，我就立刻检查有没有手机短信。我太在意秋叶了。忽然取消约会，不知她会怎么想。何况理由还是我家有事。

秋叶既没发短信，也没给我留言。我立刻焦虑起来，担心她是不是生气了。

真想听听她的声音。要是她生气了，我得尽早跟她解释。我必须告诉她我遇到的是不走不行的状况，希望能得到她的理解。

我关上灯，拿着手机钻进被窝。我从没在家里给秋叶打过电话，但不打又实在无法入睡。

我把被子一直拉到肩以上，蜷在被子里按下号码，心跳得厉害。

电话没通，秋叶已关机。我切换到她的答录信箱，想给她留言道歉。我在脑中匆忙整理着应该如何说才能让她理解。就在正要开口时，我听到了动静，随即挂断了电话。这时房门打开了。

"睡了吗？"是有美子的声音。我翻了个身。

有美子穿着睡衣站在旁边。

"怎么了？"我问道。

她一语不发地上了床，我急忙把手机扔到另一侧的床下。

"园美呢？"

"睡得很沉。没事，我一会儿就回去。"

听她这么说，我明白了她过来的目的。我实在不明白她为什么偏偏在女儿发烧时来了这种兴致，但她应该也自有考虑。

"今晚真是对不起。要是我能一个人应付就好了。"

"幸好没什么大事。"

"没能让你喝成酒，好可惜啊。"有美子钻进我臂弯里。这是她一贯的信号，也是我们曾经相爱时的做爱顺序。她一这么做，我就知道下一步该怎么做。

有两个月，不对，应该是三个月没做过了。我努力地回想着，想要计算日子，但最后还是放弃了。要是在这种时候计算这种事情，本来能有的兴致都会消失的。

第二天上班时，我没见到秋叶的身影。我看了看出勤登记的白板，上面写着她今天休息。

我很想问和秋叶一起工作的职员她今天为什么休息，但实在找不到合适的理由。我们在工作上基本没有牵连。

我不由得猜想是不是昨天的事情伤害了她。她可能觉得男人还是更加重视家人，感到很失望。

工作间歇时，我试着拨她的手机，结果根本打不通，发短信也没有回复。一整天，我都在焦虑不安中度过。

快下班时，我往家里打电话。有美子在家。我问了园美的身体状况，有美子说今天没送她去幼儿园，但她在家里玩得很带劲。

"听你这么说我就安心了。我今晚应该会晚回家。昨天晚上忽然取消了和客户的约定，今天得弥补弥补。"

"这样啊。看样子那个客户无论如何都想邀你喝酒呢。"有美子话里带刺。

"今天无论如何都无法拒绝,家里就拜托你了。"

"知道了,别喝太多啊。"

挂了电话,我叹了口气。有美子的心情不算坏,也许昨晚和她做爱起了效果。我不禁想,以后或许应该时不时地跟她做几次。

我和有美子做爱总是一成不变。一如既往的顺序,一如既往的碰触,一如既往的舔吮,一如既往的体位,还有一如既往的高潮时间。有美子的表情一如既往,呻吟声也一如既往,任何反应都是一如既往。这简直就像一个老司机开车,完全不需要思考,手脚自己就动了。就连事后处理的顺序都没有变化。纸巾的使用量和时间长短都和往常一样,估计我的射精量也是。

这些年,性爱对我来说就是这回事,既不讨厌,也不激昂,仅仅是对外界的刺激有反应。

虽然觉得对不起有美子,但我已经无法忍受这样的生活了。以前还好,现在我体会了和秋叶的美好性爱,就再也回不到从前了。秋叶并没有什么特别的,只是性爱还是需要恋爱的感觉来支撑才美好。性爱是男人和女人做的事情,然而我们夫妻——估计世界上大部分的夫妻都是这样——已经不是男人和女人了。

我离开公司上了地铁,朝秋叶的公寓赶去。在地铁里,我自问道,和秋叶在一起,是不是就能保持恋爱感觉,是不是就能一直用那种激昂的心态做爱。

我自己也不知道答案,但我现在还无法想象厌倦秋叶。

到了秋叶的公寓,我按了一层的呼叫铃,没人应答。

我猜她可能出去买东西了,就去附近的便利店打发了半个小时,再折回公寓。但她还是没回来。

该不会是自杀了吧？不祥的预感在脑中迅速扩散。我马上推翻了这个想法，觉得不会发生那么夸张的事。

我开始在脑中罗列秋叶可能去的地方，只想到一个可能性，便立刻离开她的公寓，返回车站。

我乘JR快速列车到了横滨，在大约八点半时搭上出租车。

我在车里又试着拨打她的手机，还是不通。于是我留言道："一直联系不上你，我很担心。你在哪里？请跟我联络。我现在正朝东白乐赶，总之我先去看看。"

我挂断电话，握着手机叹了口气。

"先生，你是不是在找什么人啊？"出租车司机问道。

"啊？不是，那个……"

"你刚才一直看手机，而且我听到你的话了。再说你上车时的样子就有点奇怪。"

"这样啊。"我不由得摸了摸脸颊，"是和熟人联系不上了。"

"哦，是女的吗？"

"嗯……"

"那可真让人担心。"车窗玻璃上映出司机的笑容。

我暗暗地想，真是个讨厌的司机。不仅偷听别人说话，还妄加猜测。他一定认为我是因为女友跑掉了，才会急得焦头烂额。

到了东白乐站附近，在我的指引下，车开上那道陡坡，眼前随即出现了秋叶家的房子。

"到这里就好。"

"好。"司机踩下刹车。说出金额后，他往车外看了看，问道："你的熟人住这附近吗？"

"没错。"

"哦，我以前也在这里住过。你知道那家的事情吗？"司机指的正是秋叶家。

"那家怎么了？"

"发生过凶杀案。"

"哦……"

"已经是十多年前的事情了，是盗窃杀人，也没抓到凶手。"司机一面找钱一面说。

我下了车，慢慢向那幢房子走去。窗上映出昏暗的灯光。

"这里发生过命案啊。"秋叶的话语在我脑中复苏。难道秋叶说的是真的？

我胆战心惊地按下门铃，没有人应答。我从大门下面钻过，来到玄关门前，握住把手一拉，轻轻松松地就把门打开了。

"对不起，有人在吗？"我试着问了一句，果然无人应答。

当目光落到脚下时，我吃了一惊，那里放着秋叶的浅口鞋。

"秋叶。"我喊了一声，没人回答，于是我提高了声音，"秋叶！"

我脱下鞋，闯进屋里。客厅门下的缝隙里有光线漏出来，我毫不犹豫地打开了门。

秋叶正倒在地毯上。

9

  我喊着她的名字冲了过去,小腿狠狠地磕在了客厅中央的大理石桌上,疼得全身直哆嗦。我把手放到秋叶的肩上,一面不停地摇晃她一面叫她的名字。我边摇晃边告诉自己,现在这么做也没用了。秋叶死了,自杀了。我选择了家庭而不是她,所以她绝望之下自杀了。
  但随后的一瞬,我匆忙把手缩了回来。她发出了呢喃,还蠕动着翻了个身。
  我听到了她的鼾声,这才明白过来。
  安心感和几分泄气包围了我。我全身放松下来,一下子坐到地上。刚才被撞到的小腿上疼痛袭来。我痛得表情都扭曲了,一只手抚摸小腿,另一只手摇晃着秋叶的身体。
  "喂,起来啦,秋叶,这样会感冒的。"
  秋叶蠕动着身体,把脸转过来,慢慢睁开了眼睛。她目光呆滞地看了我一会儿,慢吞吞地坐了起来,把本就凌乱的头发揉得更乱了。
  "现在几点?"她用沙哑的声音问道。

我看了看表。"九点多了。"

"早上九点？"

"晚上。"

"哦。"秋叶抹了一把脸，蒙眬的目光盯着天花板。忽然，她像是注意到什么似的，转过来看着我问道："你怎么在这里？"

"我在找你啊。怎么都联系不上，手机打不通，短信也不回，去你公寓也找不到你，所以就到这里来了，结果看到你倒在这里，我心脏都快吓停了。"

而且小腿还撞得很疼。

"手机？咦？手机呢？"秋叶东张西望地寻找。

她的手包放在窗边的花盆上。包打开着，里面的东西散落一地，其中就有手机。

她爬过去捡起。"真糟糕，没电了。"

"到底发生了什么？"

"没什么啊。倒是你，找我有什么事吗？是不是有什么急事？"秋叶用莫名其妙的表情仰视我。

"也没什么……就是不知道你怎么样了，连班都不上了。"

"就算我只是个派遣员工，也有休假的权利吧。"

"我不是那个意思，只是不知道你是不是因为昨天的事情生气了。"

"昨天的事情？你说什么啊？"她皱起眉头，一脸疑惑。我不知她是不是在装糊涂。

"就是昨天的约会啊。我忽然说要取消。"

"哦"。秋叶点了点头开口说道，"是那件事啊。你要取消也没办法啊，园美发烧了嘛。"

"嗯……"

不知为什么，听到秋叶说出我女儿的名字，我感觉很不舒服。女儿的名字不是我告诉她的，只是有一次聊天时不小心说漏了嘴。我只说过一次，她就记住了，还不时提到。她似乎知道，只要听到女儿的名字，男人的心就会像针扎了似的一阵刺痛。

"园美怎么样了？"

"好多了。"

"是吗？那就好。"她拢了拢刘海，再次仰视我，"渡部，你在这里没关系吗？还是回家吧。"

"没关系。之前我也问过你几次了，你到底怎么了？为什么睡在这里？"

"没什么特别的理由。这是我家，我有时也会一个人喝点酒，喝完就直接睡在这里。我这样做也没妨碍谁吧。"她似乎有些不高兴，"喂，你该不会以为约会被取消，我就受到伤害了吧？"

被她说中了，我只好保持沉默。秋叶耸了耸肩，像外国女演员那样摊开两手。

"真是被你看扁了。那我是不是应该摆出一副受伤的样子呢？你觉得我是那么没脑子的女人吗？要是你放着发烧的女儿不管，去和情人约会，我就不会喜欢上你了。"

她的语气很严厉，我低头不语。现在我才体会到既伤害情人，又伤害自己的滋味。

"但我还是挺高兴的。"她说道。

我抬起头来，秋叶微微一笑。"你是因为担心我，才特意跑过来的吧?"

我挠了挠头。为了掩饰害羞,我看向大理石桌。桌上放着白兰地的酒瓶和酒杯。

"你喝了不少吧。"

"不知道,不记得了。"

"什么时候开始喝的?"

"嗯……"她歪着头想了想,"大概从中午吧。"

"中午?你到底是什么时候来这里的?"

"什么时候……"她说着,目光里透出怒气,"你干吗刨根问底?昨晚的事我不是已经说过不介意了吗?你还要怎样?"

"可是我介意啊。你以前不是说过吗,你就算来这个家,也只去二楼你的房间,几乎不来这间客厅。但你从中午就在这里喝酒,喝醉了还睡在这里。一般人肯定会觉得不对劲,想要弄清原因吧。"

我还没说完,秋叶就开始点头了,表情看起来并不愉快。也许我提到了她不愿触及的事。

"早知道就不跟你说那些事了。"

"那些事?是说你父亲想卖掉这幢房子,却找不到买家吗?"

秋叶沉默了。看着她困惑的样子,我不由得想起了出租车司机的话。

"我在来这里的路上听到了奇怪的传闻。"

秋叶惊讶地抬起了头。我复述了自己和出租车司机的对话。她表情阴沉,却没表现出惊讶。

"哦,你听到那样的传闻啊。如果是当时住在附近的人,肯定会记得。"

"以前听你说起时，我以为是个玩笑呢。"

我看着大理石桌子，回想起秋叶呈"大"字形躺在上面的样子。

秋叶在桌子一端坐下。"想听详情吗？"

她认真的目光让我后背一冷。一想到接下来的话题会让她露出这种眼神，我不禁有些害怕了。还是不要打听得太深入——男人的狡猾在我内心苏醒。我很关心她，但要是牵扯到不好的事就糟糕了。可我的嘴却擅自行动起来。"要是你愿意说，我就想听。"

"真的？你听了可能会打退堂鼓哦。"

"不会。"我逞强道，"我想知道是什么让你痛苦。"这倒是我的真心话。

秋叶拿过酒杯。里面还剩下一点白兰地。

"你还是别喝了。"

"我想边喝边说，不行吗？"

"……那你就少喝点。"

秋叶一仰头，纤细的喉头动了一下。她叹了口气，看向远方。

"那是我上高中的时候。学校放春假，我待在家里，在二楼自己的房间里练习单簧管。"

"单簧管？"

"那时我是学校管乐社的。"

"哦。"这是我第一次听说。

"那天除了我，家里还有父亲和他的女秘书，还有姨妈。姨妈是我母亲的妹妹，母亲去世后，她经常到我家帮忙做家务。我从二楼下来时，那边的门开着，就像现在这样。"秋叶指着客厅的门说道，"完全感觉不到有人，我就觉得不对劲了。后来才知道姨妈出去买东西了，父亲则去了大学。"

"大学？"

"父亲是大学里经管学院的客座教授，我没跟你说过吗？"

"你只说过他从事过很多工作。"

"其中就包括大学教授。"

"真厉害。"我嘟囔道，难怪住得起这么宽敞的房子。

秋叶做了个深呼吸。我的直觉告诉我，就要涉及事情的核心了。

"我站在门口向房间里看去，似乎谁都不在。沙发上没有人，旁边也没有人站着。但刚踏进房间一步，我就感觉不对劲了。那时我还没能马上明白缘由。有那么几秒钟，我就直挺挺地站在那里琢磨，然后便往桌子上看去。你可能觉得不可思议，那之前我看了沙发，却完全没看桌子。"秋叶的指尖抚摸着光洁的桌面，"看到桌子的瞬间，我大脑一片空白。"

"……然后呢？"我咽了一口唾沫。

秋叶缓缓地眨了一下眼睛。"那里就像放着一个很大的人偶……我明白那不是人偶，但大脑的某个部分拒绝接受这个事实。我就呆呆地站在那里……一动不动，连声音都发不出来，也无法挪动脚步，就连从那个看起来像人偶的东西上移开目光都做不到。"

"以前你说过是'大'字形……"

"嗯。"秋叶看着我点了点头，"就在这张桌子上，像个'大'字。"

"那是谁？"

我的心脏几乎要跳出胸口，腋窝下汗水淋漓。

"你做个减法就知道了。"

"减法？"

"家里除我以外还有三个人。姨妈和父亲都出去了,剩下的只有一个。"

我回想了一遍她的话。

"是你父亲的秘书?"

"答对了。"秋叶点了点头,"就是本条。"

"本条……是她的姓吗?"

"书本的本,条件的条。名字是丽子,美丽的丽。她的确很漂亮,年龄比现在的我稍大,但看起来还要年轻。她个子很高,多才多艺,能讲一口流利的英语。带她出去时,父亲总是很骄傲,似乎很享受被人羡慕的快感。"

"本条死在这张桌子上?"

"没错,她被杀了,胸口上插着一把刀,但没怎么出血,白衬衫也没弄脏。"

"听说不把刀拔出来,就不会出太多血。"

"几乎是一刀毙命,"秋叶说道,"刀子直插心脏。警察说这种情况很罕见。要想刺穿心脏,就像要刺穿一个吊在空中的装满水的塑料袋,很难刺中。因为袋子会滑动嘛。要是被害人站着不动还罢了,但在被害人奋起反抗的情况下还能做到,就只能说是奇迹了。"

我从未考虑过这种事,但大概能想象出来。"那你做了什么?"

"我什么都没做,或者说什么都没能做。清醒过来时,我是躺在床上的。大概是一看到尸体就晕过去了。那时候我体质虚弱,还有点贫血。"

我想,那种情况下,就算体质不弱,也会吓得半死。

"你躺在床上,就是说在你之后有人来到了现场?"

"听说是姨妈回来发现了我和本条。"

"你姨妈一定吓了一跳吧？"

"她说她差点吓晕过去，但又觉得不能晕倒，就先跟父亲联络。父亲急忙赶回来，把我抱到房间里，然后报了警。姨妈被吓蒙了，完全忘了应该报警。"

这很有可能，我边想边点了点头。人在危急时刻往往会发挥潜能，做出意想不到的事，可也会忘记很重要的事。

"是盗窃杀人吗？"

"只剩下这个可能性了。被盗走的只有本条的挎包，其他物品都原封未动。朝向院子的玻璃窗开着，凶手应该是从那里逃走的。既没留下指纹，也没有目击证人，唯一的线索就是那把刀，但那是哪里都能买到的普通刀子，所以这条线索也毫无用途。"

"这么说，还没抓到凶手？"

"嗯。"她点了点头，"对于住宅区来说，工作日的白天是恶魔的时间。路上几乎没有行人，各家各户也空空荡荡。而且你也看到了，我们家被这道高墙彻底围了起来，即使有人闯进来，从外面也什么都看不到。强盗正是看中了这一点。强盗从玻璃落地窗闯进来，正在房内搜寻财物时被本条发现了，就用刀子杀了她，然后逃走了。能推断的也就这么多。不久，家里涌来了一大批警察，一遍一遍地追问我同样的问题，快要把我问疯了，可还是什么都没弄清楚。渐渐地，警察不怎么来了，这件事就这样不了了之。"一口气说完，秋叶长叹了一口气，"我要说的就这么多。这里是悬疑剧场。"

秋叶的笑话没能让我笑出来。我再次环视室内。一想到十几年前这里发生过如此惨案，就觉得房间里的温度下降了几度。

"我明白你为什么不愿进这个房间了。"

"比起我来,父亲受的打击更大。"

"那也难怪,毕竟在自己家里发生了这种事情,还失去了优秀的秘书。"

秋叶摇了摇头。"我觉得他受到打击不是因为失去了优秀的秘书,而是因为失去了最爱的人。"她看着一头雾水的我,继续说道,"本条丽子是我父亲的情人。"

10

横滨海洋塔的下半部分闪着绿光，上半部分则是红色的，应该是想模仿圣诞树的样子，但在我看来并不像。

而"冰川号"邮船的霓虹灯则完全符合圣诞风格，中央桅杆四周排列的无数灯泡形成了树的形状。

吃过晚饭，秋叶想要散步，我们便来到了山下公园。晚饭也就是在东白乐站旁的一家拉面店吃了拉面和饺子，喝了一瓶啤酒。听过杀人案后，我实在没心情在精致的饭店里喝红酒了。

我完全不能想象，人在毫无心理准备的情况下忽然看到一具尸体会受到多大的打击。一个女人胸前插着刀，在自家客厅的桌子上躺成了"大"字，而且她还是父亲的情人。一连串冲击性的事实让我的大脑乱作一团。

"你怎么不说话？"秋叶问道。

"没什么。怎么说呢……只是找不到合适的话题。"

"你因为担心我才特意过来，结果听了那样的故事，现在一定很后悔吧?"

"那倒没有。你没事就好,而且我也很高兴能听你说起过去的事。你有过那种经历,我应该早点知道。"

"为什么?"

"因为……"我犹豫了一下,接着说道,"和心上人相关的事情当然都想知道。我可能帮不上忙,可以后就能更多地照顾到你的情绪了。"

秋叶直直地看着我的眼睛,然后合起大衣前襟。风吹乱了她的头发。

"要回去吗?"我提议道。

"到非回去不可的时间了吗?"

秋叶的话我有点意外。到目前为止,她一次都没表现出不想让我回去的态度。

"不是,还没到时间。"我看了看表,快到十一点了,"只是觉得有点冷。"

"那能再陪我去一个地方吗?我不是说过我有个熟人经营酒吧吗?就在附近。"

我看着她,点了点头。"好啊。什么样的酒吧?"

"挺脏的。做好心理准备哦。"秋叶说着迈开步子。

那家酒吧就在中华街旁边。从一栋老楼的入口爬上几级台阶,就看到右边有扇门,门上垂着一个写着"蝶之巢"的小牌子。

酒吧内光线昏暗,并不宽敞。内侧有一个能坐十人左右的吧台,外侧放着三张圆桌。墙上贴着陈旧的海报,架子上摆了些像是古董的小玩意儿。

桌子旁坐了两组客人，都是情侣。吧台边坐了一个中年女人，吧台里则有一位白发调酒师。

我们走进酒吧，调酒师看到秋叶后点了点头，他们似乎认识。

秋叶走到吧台前坐下，这似乎是她的习惯。

"老样子。"吩咐完调酒师后，秋叶转向我，"你喝点什么？"

"你说的老样子是什么？"

"是以朗姆酒为基酒调出的鸡尾酒，味道不冲，适合女人喝。不知道男人会不会喜欢。"

"那我要啤酒好了。有黑啤吗？"

"有。"调酒师低声回答。

"还说老样子呢，说得你好像经常来似的。"坐在旁边的女人说道。她看起来五十岁左右，妆有些浓，但不显俗，穿了一件花哨的开襟毛衣。

"我常来，只是你不知道。"

听到秋叶反驳，我吓了一跳。

"就算当着男朋友的面，也不用装模作样吧。"女人说完便看着我笑道："你好，初次见面。"

看到我不知如何回答，秋叶的表情放松下来。"这是我姨妈，我已故母亲的妹妹。"

"啊……"我更加紧张了。秋叶的姨妈正是刚才听过的杀人案里的人物。

"我这个任性的外甥女承蒙你关照了。"

女人递出名片，上面写着"蝶之巢BAR滨崎妙子"。我也急忙掏出名片。

"原来是同一家公司的啊。她这么乖僻,能做好工作吗?"她问道。

"没问题,她做得很好。"

"那就好。那么作为女朋友,她怎么样?"

"嗯?"

"姨妈,别问了。"秋叶瞪着她说。

秋叶的姨妈站起来,走到我旁边坐下。"渡部先生,你可别勉强,男女之间最不能勉强了。两人在力所能及的范围里想着对方就好。明知不行却还勉强,或者急着追求结果,肯定会出问题的。一切都要顺其自然啊。"

看着她的眼睛,我倒吸了一口凉气。她听起来像是喝醉了,却目不转睛地盯着我,应该已经知道我的已婚身份了。

我默默点了点头,喝了口啤酒,实在不知道该如何应答。

"行了,姨妈。你到那边去吧。"秋叶插嘴道。

"干吗啊,再让我多说点嘛。"

"你根本就是喝醉了在这里搅局。你看你都让渡部先生为难了。"

"好啦。打扰你们真是抱歉。那么渡部先生,下次再见。"秋叶的姨妈一口喝干杯里的白兰地,消失在里面的门后。

"她的话是什么意思?"我小声问道。

"什么话?"

"她好像已经注意到我不是单身了。"

"也许吧。"秋叶无所谓地说,"没关系,那个人不会因此多嘴的。"

"是吗?"我心情复杂地又喝了口黑啤。

秋叶告诉我,蝶之巢是她姨妈的朋友开的。但十年前,在那位朋友因蛛网膜下出血去世后,她的姨妈就接手了这家店。当时姨妈已在这家店里帮忙多年,所以接手很顺利。

"我姨妈以前根本就不是做这一行的料,现在却成了'五彩夫人'。我算见识到环境如何改变人了。"

"五彩夫人?"

"是我取的外号。但她奇特的穿衣风格还是她自己的钻研结果呢。她可能是觉得要经营这样一家店,首先就得改变外表吧。"

我又想起了那起杀人案。我很难把那时的秋叶姨妈和现在的五彩夫人联系起来,可听秋叶这么一说,倒也明白了。

"她年轻时离了婚,没有固定收入,就在我家做些保姆做的事。但在那起案子发生后,她就不再来我家,而是到这家店来帮忙了。"秋叶平静地说道,"那起案子改变了不少人的生活。"

"是啊。"我喃喃道,声音就像受了风寒的老人,无力而沙哑。

我们很快就离开了酒吧,回到山下公园。横滨海洋塔和"冰川号"的灯都已经熄灭了。

"你总是勉强自己。"我说道,"你姨妈说得没错,男女之间最不能勉强。"

"你不用在意她的话,而且我也没勉强自己啊。我只是在做想做的事。"

"我不这么认为。无论从哪方面看,你都不好受,就像昨天那样。但希望你能相信我,如果发烧的不是园美而是你,我肯定会抛下一切到你身边。"

听我这么一说,秋叶露出了悲凉的笑容,摇了摇头。"做不到的事就别说出口,求你了。"

"我是认真的。"

"那我问你,要是我在平安夜发烧,你会怎么办?"

秋叶的话让我畏缩了。这是我从未想过的问题。我知道我应该自信满满地回答"当然会奔到你身边"。

"别摆出一副快哭出来的表情。"秋叶苦笑起来,"你不想这么为难吧?所以最好别说做不到的事。"

我摇头说道:"不是做不到。"

"算了吧。"

"不行,我不想让你觉得我只是随口说说。"

"我不会那么想的。行了,我们回去吧。已经晚了。"

"平安夜我会和你一起过的,我保证。"

"够了。"秋叶不耐烦地摆了摆手,"刚才我说的只是假设,你别当真。我没有想过要在圣诞节发烧,就算真的发烧了也不会跟你说的,你别较真。"

"我没较真,也没做假设。"我走近她,抓住她的双肩,直视着她的眼睛说道,"今年平安夜我要和你一起过,就算你没发烧,我也会来。"

秋叶瞪大了眼睛。"你说真的?"

"说真的。"

"要是你在开玩笑,那性质就太恶劣了,但我原谅你。所以你要是在开玩笑,现在马上就说明白。"

我加大了双手的力道。"我没开玩笑。我不想让你难过。平安夜难道不该和最喜欢的人在一起吗?我会和你一起过的,一定。"

要是有人看到我的行为,并且知道我有妻室,肯定会觉得我疯了。绝不承诺做不到的事,这是婚外情的准则。

潜伏在我心底的另外一个自己正拼命阻止我的疯狂举动。只要现在告诉秋叶这是玩笑，她就不会当真。我应该抓住这个机会跟她道歉，然后了结这件事。拜托了，这么做吧……

但就连我自己都无法阻止我的疯狂。

"记着把二十四日空出来。"我甚至这样叮嘱她。

"不用二十四日，你二十三日过来就可以了。"

"和天皇生日没关系，① 我说的是平安夜。"

秋叶长叹一口气，缓缓闭上眼睛，然后又睁开，盯着我说道："你这么说会让我有所期待的。"

"这就对了，我不会让你的期待落空的。"我把秋叶拥进了怀里。

---

① 12月23日是日本明仁天皇的生日，是全国性节日。

11

在泡沫经济时期，为了讨女人欢心，男人常常花钱如流水，每次约会都要送名牌礼物，在高级餐厅用餐，还要开着咬牙买下的高级进口车把女人送回豪华公寓。女人有时会脚踩几条船，A 负责接送，B 负责请吃饭，C 则负责送礼物。当然，ABC 本人不会发觉。而女人则和真正的男朋友去豪华宾馆开房。

爱情的膨胀会在平安夜达到最高潮。为了那一夜，男人们要预约餐厅和宾馆，还得物色蒂芙尼牌的珠宝。宾馆全部客满，餐厅则趁机把圣诞晚餐标出天价。蒂芙尼专卖店内排起长队，男人们都豁出去了。没买到蒂芙尼心形项链的男人可是会被女朋友甩掉的。

我当时也是这些傻男人中的一员，穿着并不适合的休闲西装，抱着玫瑰花，在对二十几岁的年轻人来说过于庄重的宾馆大厅等待女友。要是不这么做，我觉得她就会离开我，实际上也确实如此。在男人们前仆后继的献身大战中，女人们被惯坏了，她们的要求越来越高，接连不断，而达不到要求的男人就会出局。

但我很开心。虽然爱情的膨胀和女性的任性攻势对我们男人来说都不轻松,但困难越多,克服之后到手的成就感就越大。所以男人会在还没确定和谁共度圣诞时就订下宾馆,还没存够买房钱也不惜要买下蒂芙尼项链。

我现在就是这种心情,虽然不再像以前那样乱花钱,但仅仅考虑和秋叶在哪家宾馆过夜,就让我兴奋不已。幸好宾馆没有过去那么难订。

但和年轻时面临很多困难一样,现在的我也面临着一个巨大的障碍:我有家庭,应该和家人一起度过圣诞节。

平安夜一天天临近,我很焦急。事到如今,我不能跟秋叶说不去见她。我拼命思考对策,结果得出结论:我无法独自应对这件事。

"你是认真的?"新谷的反应在我意料之中。他放下酒杯,长叹一口气。杯中盛着兑有热水的红薯烧酒。"你有外遇我倒不吃惊。我也不是没有过。"

"啊?这样啊。这我还是第一次听说。你不是说过,在世人看来,我们这些大叔已经不能算男人了吗?"

新谷皱起眉头,说道:"从道德上来说,我们已经不是男人了。要想变回男人,就只有在我们抛弃道德约束的时候。所以说婚外情是道德败坏。"

从新谷口中听到"道德"二字让我有些惊讶,他从来都不像会说出这种话的人。这让我有点不知所措,也有些失落。原来就连新谷这样的人都会在意道德。

"我知道这不是什么好事。"我握着盛有生啤的酒杯。

"你现在失落也没用。我没有劝你悬崖勒马的意思。你又不是傻瓜，要是能停手，你早就那么做了吧？你肯定是想停手，但又控制不住地持续到现在。婚外情就是这样。"

"你知道得挺清楚嘛。"

"但我可不赞成你保证要在平安夜去见她。你真是的，唯独这件事万万做不得啊。"

"我知道，可是……"

"你不得不约她吗？前因后果我不知道，可我劝你还是算了吧。这种事可不能逢场作戏，你还没有相应的心理准备吧？"

"什么心理准备？"

"和有美子离婚。"

我微微摇了摇头。"我连想都没想过。"

"这就对了。你也不该想。外遇应该是在绝对不涉及离婚的前提下进行的。"说到这里，新谷惊讶地看着我问道，"你发什么呆啊？"

"哦，没有，我从没想过要离婚。"

"你可千万别说听了我的话，忽然就想离了。渡部，你听好了，我不会让你马上终止婚外情，但有一点你一定得做到——绝对不能让有美子知道你有外遇，这是规矩。"

"我明白。"

"不，你不明白。正因如此，你才会想到在平安夜去和情人见面这种傻事。渡部，清醒清醒吧。"

我做了个深呼吸，喝了口啤酒。"好了，我不求你了。很抱歉给你添麻烦了。"

"死心了吗？"

"没有，我只是说不求你帮忙了。"

"渡部……"新谷极度无奈地垂下了眉毛。

"我答应她了,事到如今已无法反悔。我不想让她孤独地度过平安夜。"

"那也没办法。她应该知道要和一个有妻室的男人恋爱,就必须忍受这些。"

"她知道。她也是这么说的。"

"那你……"

"但我不想这么做。她因故失去了家,我无法丢下她去享受天伦之乐。"我取过账单,因为这顿我是打算请新谷的,"不好意思,你这么忙还约你出来。"

"等一下,渡部。再喝一杯。"新谷敲着额头,"要是被有美子发现了,你打算怎么办?"

"我会注意不让她发现的。"

"那当然。但万一发现了怎么办?你得好好考虑考虑。一般来说,无论对方掌握了什么证据,你都要竭力否认,但也有否认不了的情况。那时你准备怎么办?记住,千万别冲动之下提出离婚啊。要是你那么做,没人会幸福的。"

"就算我不提离婚,有美子也可能会提啊。"

新谷猛地摇头说道:"她不会提的。"

"为什么?"

"因为女人聪明。"他喝了一口烧酒,"我不是说了吗?离婚的话没人会幸福,有美子也不会幸福,所以她不会提。"

新谷叫来服务员,又点了一杯热水兑烧酒。我也续了一杯啤酒。

"那你说我该怎么办?"

新谷敲了敲桌子。"那还用说吗？要是被有美子发现了，你就道歉，还要跪下发誓说你再也不会出轨了。女人发现老公出轨时，最想听的就是道歉，还有发誓。女人不会因为愤怒放弃稳定的生活。你最好现在就练习一下如何下跪道歉。"

"我也觉得，要是被发现了，首先得道歉……"

"你还是不明白。"新谷指着我的鼻子说，"道歉可不只是场面话。下跪道歉只是你漫漫赎罪路的开始。这条路没有终点，你得道歉一辈子，在老婆面前再也抬不起头，还会觉得家里再也没有容身之处，直到你死。"

新谷颇善言辞，尤其是这种时候，他的话听起来非常有说服力。

"怎么样？像是地狱吧？你能忍受这种地狱吗？你做好心理准备了吗？"

"我不愿想象这些事，但你说的话我会记住的。我一直都明白，婚外情有可能毁掉一切。"

新谷重重地叹了口气，挠了挠头。

"能让你着迷到这种地步，应该不是一般女人吧。我还真想见见。"

"你见过的。"我说道，"在击球中心。"

平安夜的早上，天气好得让人惊异。阳光透过蕾丝窗帘温暖了整个房间。园美一直都是喝热牛奶，可这天早上却想喝凉的。

有美子把咖啡放到我面前，问道："今晚什么时候能回来？"

"要是不加班，七点左右吧。"

"平安夜还要加班？公司真没人性。"

"没办法，不知什么时候就出事了，我们的工作就是那样啊。"

"要是没什么事,七点能回来吧?"

"嗯,应该能。"

"别忘了礼物哦,还有香槟。"有美子看着正准备去幼儿园的园美,小声说道。

"知道啦。"我眨了眨眼。

一周前,我就跟有美子说平安夜要在家里吃饭。去年我们一家三口出去吃饭了,可今年我无法带她们出去。我在前天就买好了给她们的礼物和香槟,放在了公司的柜子里。这都是新谷的建议。

吃完早饭,我提着包走向大门。穿鞋时,我看到旁边放了一个纸袋。"这是什么?"

有美子从袋中取出上次给我看过的蛋壳圣诞老人。"今天下午幼儿园有活动。我打算带过去。"

"哦,我想起来了,你以前说过。"

"总共做了十五个。累死我了。"

"让园美给你揉揉肩吧。"我说着取出手机,咂了一下嘴,"啊,糟了。"

"怎么了?"

"手机快没电了。昨天忘了充电。"

"要带充电器去吗?"

"不,不用了,要是忘在公司就麻烦了。我去便利店买个充电器好了。"

有美子应该没注意到,这些听起来漫不经心的话其实包含了重大意义。

像往常一样,我在有美子的目光中走出家门,衣服也没有异常。

我必须让一切都一如既往，一点区别都不能有。对于已婚男人来说，平安夜不是什么特别的日子，没有必要特意打扮。

我一到公司就开始寻找秋叶的身影。她正坐在电脑前读杂志，桌上放着装有速溶咖啡的纸杯。

确认她周围没有别人后，我从座位上打内线电话给她。

"喂，这里是电力一科。"秋叶的声音传来。

"是我。"我稍微向后扭了扭脖子，看见她从电脑背后向我这里张望，"今晚你没问题吧？"

"没问题……你呢？"

"应该可以，时间地点就按说好的。我今天手机要关机，你要是有事就用电脑发邮件。"

"为什么要关机呢？你该不会是想胡来吧？"

"胡来？什么意思？"

"你跟你妻子说要晚归吗？你该不会觉得什么招呼都不打，只要关上手机就万事大吉了吧？那么做可是后患无穷啊。"

"我不会那么做的，别担心。那晚上见。"

挂了电话，我又偷看了一眼秋叶，发现她正看着我，一副不明就里的样子。我露出微笑，冲她点了点头。

之后的几小时里，我心神不定，一直在等电话。无论是看图纸还是开会，我的注意力都在桌上的电话上。

刚过下午四点，我苦等的电话终于来了，是有美子打来的。

"你没买手机充电器吗？手机打不通啊。"

"买是买了，可不知怎么回事充不了电。有事吗？"

"那个……"她沉默了一下说道，"刚才新谷打来电话。他想联系你，可是打不通你的手机。"

"新谷有什么事吗？"

"你记得野田老师吗？"

"野田老师？啊，记得啊。以前带过我们的讨论班，现在已经退休了。"

"那位老师去世了。"

"什么？！"我卖力地装出很惊讶的样子。

晚上七点，我按照预定坐在家里的餐桌前。我送给园美一个毛绒玩具狗，送给有美子一条白金项链。饭桌上摆着圣诞蛋糕和香槟。

"真倒霉，这种日子居然要去守灵，但不去不行啊。"我一面喝香槟一面很不耐烦地说。

"你要坐几点的新干线？"有美子问道。

"应该能赶上八点多的。晚上十一点到新大阪站，然后打车过去。其他人应该已经先过去了。"

"时间很紧张啊。"

"抱歉，今晚没法跟你一起过。"

"没办法啊。而且你也买了礼物回来，已经足够了。"有美子看向园美。园美正在沙发上和毛绒狗一起玩。

三十分钟后，我坐上了出租车，但目的地并不是东京站，而是汐留。我预约了这里的高层大厦顶层的餐厅。

我旁边放着旅行包，里面装着丧服。我跟有美子说，今晚我会帮忙守夜，明天则在葬礼现场负责接待。

事实上，野田老师早在两年前就去世了，但那时因为安排不周，我没有被通知到,所以我也是最近才得知老师去世的消息。万幸的是,我没跟有美子说过这件事。

八点整,我到了餐厅。餐厅的窗户全是玻璃落地窗,四周被东京夜景包围。侍者把我领到窗边的座位上,身穿黑色连衣裙的秋叶正坐在那里。抬头看我时,她的眼睛湿润了。

"我还以为你不来了。"她说道。

"怎么会。你为什么这么想?"

"因为……"她叹了口气,"你一直在逞强。"

"我没逞强。我向你许诺过,所以一定会遵守。"

"我好高兴。但是……"她低下了头。

"什么?"

秋叶看着我,伸过双手,指尖碰到了我放在桌上的手。"我很高兴……但是,我好怕。"

"说什么呢。"

我唤来侍者,点了两杯香槟。

12

美好的时光总是短暂的。

时光越是美好，为得到它所付出的代价越大，它消逝得也越快。

我们在宾馆度过了平安夜。秋叶比以前任何时候都更美丽可爱，还带了几分妖艳。我们赤裸着相拥、做爱，互相凝视，说了许多回想起来令人脸红的情话。兴致一旦高涨起来，我们又继续做爱。这个夜晚用来睡觉实在太可惜了。她躺在我的臂弯里，我则努力保持清醒。

"你要是困了就睡吧。"我说道，但心里完全不这么想。

"没关系。"秋叶说道。可几分钟后她就睡着了。我看了一眼电子表，时间已过凌晨两点。

我嗅着秋叶头发的香味闭上了眼睛，一面回味这如同梦境般的夜晚，一面在大脑的某个角落里思考。按照编好的故事，明天我应该在大阪的葬礼现场负责接待，因此申请了一天带薪休假。接待完毕后，我就得回家了。回我自己的家。

家里有家人在等我，是一个女人和她给我生的孩子，但那女人不是秋叶。那里才是我应该待的地方。那对母女对于我的所作所为一无所知，她们的平安夜是怎么度过的呢？一想到这里，我就不禁心痛起来。只要不跟秋叶分手，我就无法从这种痛苦中解脱。既然得到了和秋叶在一起的幸福时光，我就必须付出代价。

欲望、迷茫、胆怯、勇气……各种各样的想法和情感在我内心深处流过。我的大脑就像高速公路的中转站，当那些想法和情感在那里剪不断理还乱时，睡意终于袭来。

第二天早晨醒来时，秋叶已不在旁边。我以为她去淋浴，却听不到任何声音。我觉得有些奇怪，起身拉开窗帘。圣诞节清晨的东京一如既往的灰蒙蒙一片，完全想象不到昨晚那辉煌的夜景就出自这里。

桌上放着一张便条，上面是秋叶的字迹："早上好，睡得好吗？我还要上班，先走了。谢谢你的款待，我非常开心。"

我拿着便条环顾室内，秋叶的手袋不见了，衣柜里也只剩下我的外套。

检查手机时，我看到了新谷发来的短信："穿上丧服去弹子机店，在那里让丧服多沾烟味。别忘了把领带弄皱。记得穿丧服回家。最后，把昨晚的幸福回忆统统封存起来。"

这条短信让我感慨万千。这些都是我未曾想过的细节。

按照新谷的话，我穿起丧服，在宾馆结账后就去了位于新桥的一家弹子机店。已有十年没打过弹子机了，我尽量选择满是烟味的地方坐下，漫不经心地玩着。

大概过了一个小时，我来到有乐町，看了场本想和秋叶一起看的电影。那是一部爱情喜剧，内容却很无聊，而且四周全是出双入对的情侣，让我很不舒服。

之后，我步行到东京站买了盒寿司。不到五点，我就坐上了回家的出租车。

打开家门时，我心中掠过一抹不祥的预感。这也不是一次两次了。我满怀各种各样的不安，诸如，我和秋叶的事是不是被有美子发现了？要是被发现了该怎么办？就算没被发现，我是否有过重大的疏忽？

在门口换鞋时，有美子从里屋出来了。我无法直视她，就连确认她的表情都让我觉得害怕。这就是婚外情必须付出的代价。

"回来得真早。我还以为你晚上才能回来呢。"

有美子的声音听起来和往常没什么区别。我总算敢抬起头看她了。

"他们邀我一起去喝酒，但我没去。实在太累了。"

"辛苦了。赶快去换衣服吧，满身都是烟味。"

"没办法啊，旁边的人一根接一根抽个没完。"

"那种场合肯定会抽烟啊。"

"园美呢？"

"睡了。一大早就去朋友家玩，现在肯定累了。不过也该叫醒她了。"

"这个是给你的。我在车上没怎么吃饭，饿坏了。"

看见寿司，有美子笑了。"我去给你泡茶。"

她的笑容把我的心锁解开了。

我走进卧室，看见地上有个纸袋很眼熟，应该是装蛋壳圣诞老人的纸袋。幼儿园的圣诞活动看来顺利结束了。

我换了衣服走进客厅。刚睡醒的园美正坐在沙发上发呆。但一看到我,她就惊喜地睁大了眼睛。"爸爸,你回来啦!"

"嗯,我回来了。"我走过去坐到园美旁边。

我一面逗女儿玩一面等着妻子泡茶。真是幸福安稳的家庭时光。我明白自己不能失去这个家庭,但又感受到与昨夜不同的心痛。昨晚我因背叛妻子而痛苦,现在则因想起了秋叶而难过。

我又想起她留在宾馆桌上的便条。她明白我今天应该尽早回家。

我迫切地感觉到,这样的状况不能再继续下去了。

第二天晚上,我被新谷叫了出来。其实我也正打算联系他,向他道谢。

知道事情万无一失后,新谷长出了一口气,喝了口啤酒。"那我就放心了。不过下不为例,这种像是演杂耍的手段只能用一次。"

"你帮我大忙了。"

我把秋叶留下便条一事告诉了新谷,还说秋叶大概是替我着想,才悄无声息地先回去了。

"也许吧。"新谷说道,"但我告诉你,那不仅是为了让你轻松一些。她主要是不想让你再撒谎了。"

"那不是一回事吗?"

"完全不是。她为什么不想再让你撒谎?因为你那笨拙的谎话肯定会很快露馅的。要是你们两个的关系被你老婆发现,她也无法置身事外。她既不想破坏和你的关系,又不想被你老婆斥责,就留了张便条先走了。她是你的共犯,你好好体谅体谅她的心情吧。"

新谷的话很有说服力，但我不喜欢"共犯"这个词。

"就算这样，她还是忍了很多事吧？"我小心翼翼地说。

"那是理所当然的。"新谷厉声说道，"你要让我说多少遍才懂？你们是婚外情，当然要忍耐。例如年末和新年无法和你在一起，她还要在烦躁中想象你和老婆孩子其乐融融的画面。这才是第三者该有的样子。要是无法忍受，她可以不做啊。你不必担心这些事，担心也没用。"

新谷的每句话都无懈可击。要是我们两人处境颠倒，我一定也会说同样的话。

确认了四周的情况后，新谷小声对我说："以前我也说过，你可千万别想和有美子离婚啊。"

我舔了舔嘴唇。新谷焦急地敲了一下桌子。

"渡部，你是一时鬼迷心窍了。你好好回想一下和有美子恋爱的时光。那时你很喜欢她吧？你不是觉得非她莫属才跟她结婚的吗？同理，你现在痴迷的这个女人也没什么特别的。所谓的非她莫属从一开始就不存在。世上根本没有姻缘的红线。"

"红线？"

"不是经常有人这么说吗？真正有缘的人会被命运的红线牵到一起。你不正是这么想的吗？你觉得结婚结错了，现在碰到的这个女人才是你的有缘人。"

我默不作声。

新谷无奈地咂了咂嘴。"我来告诉你真相吧。所谓姻缘的红线是要两个人共同编织的。只有在两人牵手走到最后，其中一方死去时，这条红线才算完成，他们才算是真正被牵到一起了。"

新谷向来很现实，却罕见地说出了这样浪漫的话。看到我吃惊地盯着他，新谷不知从我的表情中读出了什么，重重地点了点头。

"现在你明白了吧？一切都是结果至上的。无论对方是谁都差不多。有美子不是做得很好吗？你知足吧。你现在要做的就是和有美子一起编那条姻缘的红线，只有这样才不会后悔。"

新谷这番话魄力十足，完全没留给我辩解的余地，而且我也无法辩解。他认为离婚是不好的，这是社会共识。

不过告别了新谷，我最先考虑的是秋叶会如何度过新年。

我一面走一面看短信，其中有秋叶发来的："没来得及跟你说，我从明天开始休假，去温哥华旅游，一月四日回来。我有朋友在那里。祝你新年快乐。秋叶。"

我愣愣地站了一会儿。

我根本不必担心新年。她借着出国旅游优雅地解决了这个难题，但我高兴不起来。我并非大大咧咧的人。

我边合上手机边迈开步子，心情复杂。秋叶的确帮了我大忙。她去了联系不上的国外，我就不用因为她的事烦恼了，也不会因过年时把她丢下而产生负罪感。

但这样真的好吗？

13

新年对我来说只是无聊的假日。

在家里看看电视，陪园美玩，吃年夜饭，喝酒，困了就睡……整个假期都在重复这些事。一月三日我总算出门了，带有美子和园美去餐厅吃饭。在餐厅里，我又喝了啤酒。回去的路上，我顺便去附近的神社抽签，结果是大吉。

波澜不惊的日子无声地过去。我觉得这几天什么意义都没有，但当然并非如此。我这个有妻室的人就应该这样过新年。

四日那天，因为要把园美骑过的儿童三轮车送过去，我一个人开车去了位于川崎的妹妹家。园美现在喜欢骑带辅助轮的自行车，而妹妹的女儿最近刚满两岁。

互相拜年后，我在妹妹家里吃了顿偷工减料的饭。那些菜明显是从超市买来的现成货，装在盘子里就直接端上来了，这让我大吃一惊，但妹妹的公务员老公吃得倒心满意足。妹夫至少比结婚前胖了十公斤，应该不是心宽体胖，而是这类菜吃多了的缘故。这么说来，妹妹也胖了不少，已经完全没有腰了。

"哥，你是不是瘦了点啊。"

听妹妹这么说，我吃了一惊。看样子她对我的看法和我对她的完全相反。

我很想说"那是因为你太胖了"，但还是忍住了，歪了歪头说道："是吗？"

"你是不是工作太辛苦了？还是玩过火了？"

"别胡说。我哪有玩的时间啊，整天不是工作就是服务家庭。"

"能理解，能理解。"妹夫不住地点头，"男人就是辛苦啊，我每天也想着尽早下班帮忙照顾小孩呢。"

"你只是想早点回家看到女儿吧。"

"才不是。我觉得男人要以家庭为先。大哥，我说得没错吧？"

"是啊。"我含糊不清地答道。这种问题现在最让我难受了。

出了妹妹家，我试着拨打秋叶的手机。我想她可能回来了，可电话不通。

直接回家太可惜了。我没怎么多想，便开车驶向东京的相反方向。秋叶可能会回东白乐的家。只要我去那里，一旦联系上她，就能很快见面了。

但我并没有立刻去东白乐，而是磨磨蹭蹭地开到了横滨。驶下高速时，我完全没有理由地决定了去处。

我在中华街旁边停好车，顺着记忆中的路走下去。

很快，我就到了蝶之巢酒吧。我本以为那里在新年时不开门，但很幸运，门轻易地就打开了。吧台旁有位穿西服的顾客，还有一对情侣坐在圆桌旁。

五彩夫人正独自在角落里的桌子旁喝酒，她今天穿着紫色毛衣。

"晚上好。"我走过去，"您还记得我吗？"

她抬起头来，略加思索后睁大了眼睛。

"你是秋叶的……"

"嗯。"我点了点头，"我是渡部，新年好。"

"啊……新年好。"她的脸上一瞬间露出了狼狈的神色。

"我能坐下吗？"我指着五彩夫人对面的椅子问。

"请便。"她望向入口，看样子是想确认我有没有带人来。

"我是一个人来的。秋叶还没回来。"

"她去哪里了？"

"年底就去加拿大了。她说今天回来，可现在还联系不上她。所以我就想到这里看看。"

白发调酒师走了过来。我看了看酒水单，点了一杯番石榴汁。

"你就算待在这里也见不到秋叶的。"五彩夫人瞥了一眼吧台。

我也不禁往吧台看去，但那里的情况没有什么变化，只有一个男人正背对我们喝酒。他穿着茶色西服，体形矮胖。因为他背对着这里，我看不到他的脸。

"我不是因为觉得她会来所以才来的，只是刚好到了附近。"

"这样啊。那你慢慢喝。"五彩夫人站了起来。

"那个……"我急忙搭话，"您从秋叶那里听过我的事吗？"

五彩夫人摇了摇头。"那孩子从来不跟我说她自己的事。不光是我，她应该跟谁都不说吧。但她会不会跟你说，我就不知道了。"

"她跟我说过一些事，但我不知道那是否就是全部。"

"你想多了解对方，这我很理解。但就算你全部知道了，也不会有什么好事的。"

"我没想全知道，可我比较在意她对我的看法。我想您已经知道了，其实……"

我话没说完，五彩夫人就伸出右手制止。她皱起眉头，下唇突出。"你就算不说，我也一眼就明白了。你平时戴着婚戒吧？你和秋叶在一起时，会特意把婚戒取下来，可手指上的戒痕是消不掉的。女人在这些地方不会看走眼。"

我看了看左手。的确，除去和秋叶见面的时间，我都会戴婚戒。把戒指摘下来就会发现，手指的那一圈因长年不见阳光而比周围白一些。

"我刚才说过了，那孩子什么都没跟我说。那晚她带你来时，我才第一次知道有你这个人。之后她什么都没跟我说过。"

"这样啊……"

五彩夫人的样子怎么看都很奇怪。上次见面时，她似乎很想跟我说什么，今天则迫切地想甩掉我。大概因为今天没喝醉，才不想说话。

"不好意思，我无法给你有益的信息。你还是赶快回家吧，新年的家庭服务要做到最后才有意义，听我的，我不会害你。"五彩夫人说完站了起来，走进了那扇写着"员工专用"的门。

她明显在疏远我，吧台后那位白发调酒师似乎也无视我。我有些奇怪，只好喝起番石榴汁。

付过账，我飞快地离开了蝶之巢。我又给秋叶打了个电话，可依然不通。

就在我走向中华街的停车场时，听到身后有人喊"等一下"。我不觉得是在叫我，就没停下。随后，我听到身后有人追了上来。

"等一下，不好意思。"一个男人说道，这次声音大了些。

我停下脚步回过头，看到一个穿着米色外套的中年男人朝我跑来。他的外套没有系扣子，我能看到他外套下的茶色西服，领带也是茶色的。

"你在叫我吗？"

"没错，就是在叫你。"

男人长了一张方脸，颧骨突出，眉毛很粗，从面孔上看应该是九州人。他的肤色像常打高尔夫的人一样黝黑，年龄看上去有五十五岁左右。

"能占用你一点时间吗？"他问道。

"是推销什么东西吗？那样的话我……"

看清了他从衣服内袋里掏出的东西，我闭上了嘴。那是警察手册。

他似乎对我的反应很满意，嘿嘿笑着说："我是神奈川县警[①]，有话想跟你说，没问题吧？不会占用你太长时间。"

"什么事？我是东京人，不住在神奈川。"

"这样啊。但这跟你住哪里无关。"他收起证件，放低声音说道，"我想跟你说说仲西秋叶。"

他的话太出人意料了，我不由得狼狈起来，随后便想起这个男人是谁了。

"你是在蝶之巢的……"

他就是坐在吧台旁的顾客。看样子他听到了我和五彩夫人的

[①] 神奈川县警本部的警察。神奈川县警本部下属单位神奈川警察局负责管辖神奈川县横滨市神奈川区。

谈话。

"是我先到那家店的,然后你才进来和滨崎女士谈话。我只是无意中听到了,绝对不是专门去偷听。"

我这才想起五彩夫人的真名叫滨崎妙子。

"滨崎女士知道你是警察吗?"

"当然知道。我算是那家店的老顾客了。"

我想起刚才五彩夫人很在意吧台,她应该是注意到此人了。

"能占用你半小时吗?十五分钟也可以。"

既然他说出秋叶的名字,我不能就这么走掉。"那就半小时。"我说道。

因为是新年,街上没几家店开门。我们好不容易才找到一家自助咖啡厅,店里有不少人。

男人自称芦原,是神奈川县警本部搜查一科的刑警。从电视剧里就能知道,搜查一科一般是负责杀人案的。

芦原向我索要名片,我只好给了他。

"你经常去刚才那家店吗?"他一面看我的名片一面问道。

"只有两次。"

"上一次是谁带你去的?"他的眼神似乎在窥视什么。我不禁想,这就是刑警的目光吗?

"是仲西带我去的。"

听到这个名字,他满意地笑道:"是仲西秋叶吧?"

"没错。"

"不好意思,请问你和仲西秋叶是什么关系?"

我深吸一口气,说道:"我们是同事。她是去年夏天派遣到我们部门的。"

"哦，是公司的同事啊。除此之外呢？"

"什么意思？"

芦原脸上立刻浮现出意味深长的笑容，摇了摇头说道："渡部先生，你在这里跟我兜圈子可没好处。要是你不把话说清楚，我就只好自己去调查了。你希望我这么做吗？"

他的话让我很不愉快，但我也觉得正如他所说，既然他已经听到了我和五彩夫人在蝶之巢里的对话，那么想必已经知道了我和秋叶的关系。若对方是个迟钝的人，还有可能敷衍，可惜他是刑警，我根本没有蒙混过关的可能。

我叹了口气。"我们在交往，这么说你满意了吗？"

"我并没有责备你的意思，请别露出那样的脸色。我没打算调查你。关于你和秋叶的关系，我绝对不会透露给你周围的人或者其他人，请相信我。"

"那你就单刀直入吧。你在调查什么？"

"也是，我也没有绕弯子的意思。大约十五年前发生在东白乐仲西宅里的案件你知道吗？"

我还没来得及开口，他就追问道："你知道的吧？"大概是看出我表情僵硬。

"我听秋叶说过。"

"那谈话就方便多了。我先来重新整理一下事情的前因后果。"芦原从怀里掏出眼镜戴上，摊开记事本。他眼睛似乎已经花了。

"案件发生在三月三十一日。仲西先生的秘书本条丽子被人刺死。一直以来，这起案子是当作盗窃杀人案来调查的，现在仍未抓到凶手。"

"这些我都听说了。"我拿起咖啡杯,一面喝一面反复琢磨三月三十一日这个日子。

芦原没碰咖啡,继续说道:"这桩案子今年就要过诉讼时效了。"

"是吗?"

案件是十五年前发生的,确实没错。

"为了能在时效内把凶手抓捕归案,我还在努力呢。"

"经常能在新闻上看到类似报道,快过时效的案子又重新翻出来大力调查什么的。都过了十五年,事到如今才重新调查,未免太迟了吧。"

芦原露出很意外的表情,摇了摇头说道:"看了那种报道的人难免会有误解,以为以前一直都没怎么调查。实际上一直有像我这样的人在持续调查。但忽然增加调查人手,的确是因为不愿眼睁睁地看着案件过了时效,也有些做戏给媒体看的意思。"

"你已经持续调查了十五年?"我吃惊地看着他。

芦原挠了挠微秃的头顶。"被你这么一问,我还真有些无地自容呢。这期间我调动过工作,当然也负责过其他案件,不能说是持续不断地调查。几年前我又调回现在的部门,所以又重新开始追踪东白乐这起案件了。"

"所以你就去蝶之巢蹲点?"

"因为滨崎女士是为数不多的证人之一。而且有时还能在那里遇见仲西秋叶。除此以外,也有单纯去那里放松的时候。那家店挺能让人平静下来的。"

"那你找我有什么事?十五年前我和秋叶可什么关系都没有,这

107

一点不用我说了吧。"

芦原苦笑一下。"这我知道。我想跟你打听仲西秋叶是怎么跟你描述此案的。"

"怎么跟我描述?什么意思?"

"我想让你尽量详细地复述一下她跟你说过什么。当然,你可以只说和案件有关的部分。我对你们的隐私不感兴趣。"

也许他这么说是想开个玩笑,可我一点都笑不出来。"我为什么要告诉你?关于案件,你们警察不是已经都知道了吗?"

"所以我只想确认一下我们知道的内容是否无误。也许还有我们不知道的部分。"

"那你为什么不去问秋叶本人?"

"我们问过她很多次了,尤其是案件刚发生的时候。但我不知道她告诉我们的内容和告诉你的是不是一致。"

"为什么你会这么想?"

"有些话能跟亲近的人说,却不能跟警察说,这是人之常情啊。"

"你认为她说了谎?"

"不是。"芦原摆了摆手,"在警察面前,任何人都会无意识地隐瞒一些东西。而且案发时她只是个高中生,很可能因为受到刺激,在混乱之下没能准确说出某些情况。过了十五年,她又跟你说起那起案子。你对案情一无所知,所以她可能会把一些当时没说明白的事也告诉你了,这也是我期待的线索。"

他的话倒也有理,可我觉得相当可疑。他一定隐瞒了什么。"我也不能保证准确地记住了她的话。"

"那没关系。"他再次打开记事本,准备记录。

无奈之下，我只好尽量详细地把从秋叶那里听来的话复述了一遍。我一面说一面回想起东白乐的那幢大宅。尽管如此，我还是对在那样宽敞豪华的客厅里发生了杀人案这一事实毫无现实感。

警方的调查应该是非常细致的，却还是没抓到凶手。说到这里，我犹豫了一下补充道："秋叶说，被杀的本条女士是她父亲的情人。"

我想秋叶也许没跟警察说起过这件事。

但芦原的表情并未改变。"秋叶告诉你的就这些吗？"

"是的。你有什么新发现吗？"

"这个嘛……可以说有，也可以说没有。"他将咖啡一饮而尽，"对了，你和秋叶一起去过海边吗？"

"海边？"

"嗯，秋叶应该很喜欢游泳。"

警察连这种小事都调查到了，我不禁十分感慨。"没去过。我们开始交往时已经是秋天了。她热衷冲浪，也曾邀请我一起去。但那天天气很糟，半路上就回来了。"

"冲浪？真像她会做的事。她在案发前后还上过潜水学校。有钱人玩的就是与众不同啊。"

这我倒是没听秋叶说过。看样子，关于秋叶的事，我还有很多都不知道，还没有这个警察对秋叶了解得多。

芦原站了起来。"已经过了三十分钟了，百忙之中占用你的时间，真是抱歉。"

和芦原分开后，我回到停车场上了车。但开出去没多久，我脑中就浮现出一个疑问，便向与高速公路相反的方向驶去。

在山下公园旁停下车后，我走下车，一面欣赏港口的夜景，一面回想秋叶对我说起案情时的场景。

秋叶说她一看到尸体就吓晕过去了。问题是她之后说的话："那时候我体质虚弱，还有点贫血。"

当时我并未多想，但刚才芦原的话让我觉得不对劲。她学过潜水，还喜欢游泳。一个体质虚弱的女孩怎么可能做这些事？

我又想起一件事。案件是在三月三十一日发生的。

我们刚相识的时候，秋叶说过，等过了明年的三月三十一日，很多事情就都可以跟我说了。

那正好是诉讼时效到期的日子。

14

新年的第一个工作日让人不免有些紧张。我满心都是不好的预感，诸如打开邮箱会发现一大串事故报告，或是会有投诉电话打来。但今年我还有另外一个不安，即秋叶会不会来上班。从昨天晚上起，我一直联系不上她。

但我一到公司，就看到秋叶和去年年底一样，在座位旁和要好的女同事谈笑。她脸色很好，表情也很开朗。

我一面一视同仁地和大家打招呼，一面接近她，说了声"新年快乐"。

"新年快乐。"女职员们一起回应，秋叶也在其中。

"你们新年假期都怎么打发的？去了什么地方吗？"

"我们哪里都没去，听说仲西去了加拿大哦。"其中一人说道。

"哦。"我看着秋叶说道，"真不错。"

她表情平静地说："我在温哥华有朋友。"

"什么时候回来的？"

"昨天，昨天白天回来的。"

"昨天白天？"我不由得又问了一遍。

"渡部先生去哪里了？有没有回太太的老家啊？"

"没有。"我摇了摇头，"一直窝在家里闲着。"

"跟我一样。"秋叶旁边的女职员笑着说。

"那样才最好呢。"秋叶说道，"有家室的人在新年假期时应该一直和家人在一起。"

秋叶的话让我一愣。她似乎在逃避我的视线，始终不看我，说完就径直回到座位上。我看着她的背影，随即抽身走开。

回到座位上，我反复体会秋叶的话。她昨天白天就回来了，可直到晚上都联系不上。她是故意关机并不回短信的。她一定是为了我在假期能有始有终地陪伴家人而这么做的。

我真无情，我不禁在心里叹道。

跟我预想的一样，电脑里有好几份事故报告，但都不是必须立刻赶去处理的急件。看样子，今天能比较安稳地坐在座位上了。

一堆邮件的最后一封是秋叶发来的。确认周围无人后，我悄悄地点开了，邮件内容是："新年快乐。祝你一帆风顺，今年也请多多指教。仲西秋叶。"

我转向斜后方，她的脸被电脑挡住了，我无法看到。即使如此，我还是有种幸福的感觉。

下午，同事传来一张便条，说晚上要举行新年聚会，想参加的人在上面签名。上面已经写了十个人的名字，其中就有秋叶。

幸好今天没有必须加班的急事，我就和年轻职员们一起去了。路上科长追上来也要参加，让我们有点失望。

会场是我们经常去的茅场町的居酒屋，即为秋叶举办欢迎会的地方。

和那时不同，秋叶已完全适应了周围的环境。她和旁边的人愉快地交谈，想喝的时候就喝口酒。

秋叶旁边坐着一个姓里村的男职员，据说他的兴趣是网球和欣赏歌舞伎，是个有点奇怪的人。

里村不停地和秋叶搭话。我也不知道他们在说什么，但从秋叶的表情来看，谈话内容似乎相当有趣。

一个叫田口真穗的女职员拿着啤酒瓶笑着走近跟我搭话："有件事想拜托你。"她一面给我倒酒一面说，看上去意有所图。

"什么事？"

"聚会结束后，我们想去卡拉OK唱歌，仅限年轻人参加哦。"

"哦，挺好啊。"

我以为她想邀我同去。去听秋叶唱歌也不错，我不禁回想起在击球中心相遇的那一夜。

但田口真穗的请求跟我的预想大相径庭。

"问题是那个人。"她在桌子底下用食指指了指科长。科长喝得满脸通红，正在大谈特谈部门今年的目标。被迫充当听众的，是进公司第二年的新人。

"科长怎么了？"

"要是他听见我们要去唱卡拉OK，一定会跟来的。以前不是有过同样的情况嘛。"

"没错。"

科长年过五十，当然不可能知道时下流行的歌曲。他跟部下们说尽管唱新歌好了，可一旦唱起来，他又满脸不高兴。

"你想让我想办法，别让科长跟去？"我有点生气地问道。

田口真穗双手合十，恳求道："尾崎先生会邀科长一起去银座。但如果只有他们两个人，科长有可能不去，如果加上你就没问题了。"

尾崎是隔壁部门的负责人，比我大两岁。他是个相当为部下着想的人，大概不忍心看到部下为了这件事为难吧。

这种状况下，我想拒绝都拒绝不了，只好答应。回想起来，田口真穗一开始就说了"仅限年轻人参加"，所以我这个已年近四十的主任是不可能被邀请的。

田口真穗很高兴地眯起了眼睛，又给我倒上啤酒。我叹了口气，看向秋叶，里村还在热心地跟秋叶搭话。

"里村还真是努力呢。仲西的合同到三月就结束了，看样子他是急着想在那之前有所进展呢。"

听了田口真穗的话，我差点把啤酒喷出来。"怎么回事？"

我这么一问，她顿时露出"糟糕"的表情，随即压低声音说："别告诉别人哦。"其实她看上去很想说出口。

"里村喜欢仲西。你还记得去年十一月，他们一起去商品交易会上帮忙吗？从那以后，里村就迷上仲西了。我觉得仲西也对里村有意思，虽然还没有确定的证据。"

"哦……"

我从没想过其他男职员会爱上秋叶。但既然连我都难逃她的魅力，其他人会喜欢上她也不奇怪。

但田口真穗说秋叶似乎也对里村有意思，这让我有些不安。我觉得秋叶不会那样，但我有妻室，这让我一下子就在我们的关系中落了下风。

居酒屋的聚会结束后,按照预定,大家分成年轻职员组和大叔组,去不同的店继续聚会。

科长中意的店在银座边缘,与其说是俱乐部,倒不如说是卡拉OK酒馆。两个陪酒女郎在我们旁边坐下,年龄看起来都跟我差不多。

在陪酒女郎的劝诱下,科长拿起了麦克风,用他那嘶哑的声音唱着《昂》和《远方传来的汽笛声》。我无可奈何,一面拍手,一面在想自己到底在干什么。

我借口去洗手间,走到店外给秋叶打电话。电话没通,不知是她关机了还是手机没信号。无论是哪种情况,她现在肯定正和那些年轻人一起唱得高兴。他们会一首接一首地唱流行歌曲,高潮部分可能还会合唱。

我又想起和秋叶一起去卡拉OK的情景。那晚她醉得一塌糊涂,不得不让我送回去。今晚会怎么样呢?她会不会也和那晚一样喝醉?会不会也变成不让人送就回不去的状况?要是那样,送她回去的应该是里村。

我回去时,科长正在嚷嚷"渡部去哪里了"。我赶忙跑去掩饰,但科长还是不高兴,让我唱歌。

"南天群星乐队的歌可以吗?"

"哦,南天群星啊。好啊。"科长拍了拍手表示赞许。南天群星是中老年的武器,大概也是唯一能让大叔们和年轻人都喜欢的乐队了。他们真伟大。

我随便选了首《Love Affair～秘密约会》,唱到半途才发现,这是一首影射婚外情的歌曲。居然连这样的场所都为我提供了诉说情感的舞台，我真不知道是不是应该表示感激。

科长悠闲地打着拍子。他的领带松了，随随便便地歪斜着挂在脖子上，坐在他旁边的陪酒女郎一个劲向他身上凑。

"在世人眼里我们都是大叔，连男人都不是。"我不经意回想起新谷的话。的确，我们都是大叔。证据就是今晚我们不能和年轻人一起去唱歌，不能和秋叶一起唱歌。我们已经不年轻了，已经被年轻人划分到了另外一组。

我一面想着，一面继续倾情演唱。

第二天早上，我一到公司，就看见秋叶和里村亲密的样子。

我觉得他们应该不是那种关系，可在别人看来很容易误会，至少里村明显是在制造各种借口来接近秋叶。更可恨的是，田口真穗等人看到这种情景，便唯恐天下不乱似的开始煽动。

"昨天玩得怎样？"午休时，我问田口真穗。

"很开心，多亏了你。真是太谢谢了。"这个头脑简单的女人答道。她那张圆脸和一对圆眼睛让我怎么看怎么不顺眼。

据她说，他们昨天在歌厅待了大概三个小时。所有人都喝得大醉，男职员分工把女同事们送了回去。

"里村怎么样啊？进展顺利吗？"

田口真穗敏感地明白了我话里的意思，露出一副恶作剧的表情。"里村当然是送仲西回去啦。大家应该都知道了。唱歌时，他也一直和仲西挨着。"

"那仲西反应如何？"

"这个嘛，我觉得她应该已经注意到里村的心思了。她没拒绝里村搭出租车送她回家，所以应该不讨厌里村。"田口真穗一面环顾四周，一面用手捂住嘴小声说道，"他们可能已经接吻了呢。"

田口真穗当然是没有恶意的，可她说的每一句话都让我不快。什么接吻！她说这句话时翘起的嘴唇看起来都相当可恨。

我发短信问秋叶今晚能不能见面，没多久她就回复说今晚有事。

工作时，我不时偷窥秋叶，结果看到她正和里村开心地交谈。我更加生气了。

下班前，里村来到我这里，讨好地笑道："横滨钻石宾馆的霓虹灯工程，是您做的吧？"

"没错。"

"当时的企划案资料还有吗？有个老客户想做一样的东西，我要去拜访。"

"现在去吗？你还真辛苦。"我打开抽屉，拿出资料交给他。

"我没关系，就是觉得挺对不起仲西的。"

"仲西？她也要去吗？为什么？"

"对方的负责人是位女士，我们这边若也有女性过去，气氛能融洽些。以前和对方打交道时也是麻烦仲西同去的，感觉挺好。"

"哦……"

我以为仲西的工作仅限于整理资料，没想到过了半年，她也开始接手各种工作了。如此一想，对于她在公司的情况，我什么都不知道。

里村拿着我的资料回座位了。他的背影看起来十分快活，简直就像是跳着回去的。我的心情无法平静。秋叶拒绝了我的邀请，要和那个家伙一起出去。我知道他们一起出去是为了工作，可还是很生气。

直到两天后,我才有机会和秋叶单独相处。她连着两天都在下班后和里村商量工作。

一见面,我就说道:"你每天都挺忙的嘛。"

"受人所托,没办法嘛。"她的语气有些冷淡。

我们这次见面是在银座地下的意大利餐厅,我可是鼓足了干劲。"加拿大之行怎么样?"

"很开心啊。很难得还骑自行车去旅行了呢。"

对话十分生硬。我本打算问她为什么忽然去加拿大,以及为什么回国后联系不上,但没问出口。

我一面吃腌章鱼一面说道:"听说里村喜欢你。"

秋叶默默吃着章鱼,过了好久才看向我。"真好吃。"她的眼睛眯了起来。

"那个……"

"我知道。"她说,"里村约过我。"

"他约你?"我吃了一惊,"约你干吗?"

该不会是去宾馆吧……

"他约我去看歌舞伎。"

"歌舞伎?这……"我点了点头,"还真像他会做的事。然后呢?"

"我拒绝了。"

"哦。"

我松了一口气,但她紧接着说道:"我对歌舞伎挺感兴趣的,可那天是朋友的婚礼。"

我盯着她。"要是没有朋友的婚礼,你就会去吗?"

"不行吗？"她看向我，眼神冷静透彻。

"可是……"

她放下叉子。"我干涉过你的日常生活吗？对于你在我们约会以外的生活状态，我抱怨过什么吗？"

我真想问问全世界有婚外情的男人，这时应该如何回答。我什么都答不出来，只能默默地低头吃东西。

其实我有很多事想问她，包括东白乐的杀人案。我从芦原那里听到了与事实矛盾的地方。在诉讼时效就要到期时，那位刑警到底想弄明白什么？这些真的和秋叶无关吗？

但现在不是问这些事的时候。十五年前的那桩案子怎样都无所谓。我好不容易才到手的宝贝，现在就像沙子一样要从指缝中滑走了。

15

今天我老是走神，仅仅写份简单的报告也比平时花了更长的时间。虽说是走神，可也不是什么都不想，而是脑子里乱七八糟地塞满了东西。这些东西都和工作完全无关，而且属于再怎么烦恼也解决不了的事。

我停下写报告的手，偷偷看向秋叶。里村把椅子挪到了秋叶旁边，频频说着什么。他手里拿着资料，应该是在讨论工作。可我怀疑真的是需要这样仔细讨论的工作吗？

我很想接近他们，偷听他们到底在说什么，可实在想不出接近的理由。

这种恋爱中的嫉妒心情以前也有过。无论是谁，只要谈恋爱，就一定会以某种形式经历这种心情。但这对我来说已经很久远。我实在没想到自己到了这把年纪还能体会到。

今天的工作效率实在糟糕，但我总算在下班时写好了报告。我连把报告重读一遍的心情都没有，就关机准备下班。这时，一个姓加岛的同事走了过来。他比我小五岁。

"渡部先生,这周六没问题吧?"

"周六……哦,我想起来了,是说参加你的婚礼吧?当然没问题。"

"还有之前拜托过您的,想让您在婚礼上致辞,也没问题吧?"

"行倒是行,但别望我能说出精彩的话。"

"没有需要格外关照的人,您说什么都行。参加婚礼的人中,职位最高的就是科长了。"

我笑着点了点头,脑海中浮现出婚礼当日科长应该会摆出的那副心满意足的表情。

加岛去和其他职员打招呼了。看着他的背影,我不禁想,现在大概是他人生中最幸福的时刻了,当年我也是这样。

一般人一生都会结一次婚。对人们来说,别人要结婚并不是什么大不了的事,可当事人就不这么想了。当事人误以为自己成了万众瞩目的中心。当然,瞩目也是正常的,可是只限于婚礼和喜宴上。程序一结束,当事人就从明星的地位上降下来了。

但婚礼后,当事人并不会回到结婚前的状态。已婚男女脸部的正中央都贴了"有妇之夫"或者"有夫之妇"的标签,他们将带着这样的标签生活下去,不会再有机会体验恋爱中的刺激感了。要想痛切地感受到这一点,还需要一段时间。在所谓的新婚时期应该不会有什么问题,但新婚期很快就会过去,而最开始感受到新婚期过去的,不是别人,正是当事人自己。

我看着加岛的背影,在心里嘀咕道:"婚姻和婚礼是不一样的。"婚礼很美好,连我都这样认为。而且婚礼只有一天,就算出了什么丑也只是个笑话。但婚姻生活会持续下去,婚姻是不能失败的。

我抱着复杂的心情踏上了回家的路。到达自家公寓旁,我停了下来,抬头仰望。现在我立刻就能找到自家窗户。屋里亮着灯,那光亮让人觉得很温暖。可有时我也会觉得,那光亮好似重担压在我身上。

到家时,有美子正在准备晚餐,园美坐在电视前看动画片。

我走进卧室开始换衣服。窗帘杆上挂了几个晾着内衣和袜子的晾衣架,看来白天没有干透。其中还有女人的贴身衣物,也就是俗称的"老太太衫"[①]。

以前某次喝酒时,我曾经听女同事说过,她们都有老太太衫,可约会的时候绝对不穿。其中有人还讲了这样的故事:

"有一次天气太冷,我朋友觉得那天晚上男友应该不会提议去宾馆开房,就穿了老太太衫去约会。结果对方偏偏就提议去宾馆。你们猜我朋友怎么办了?在去宾馆前,她去洗手间把老太太衫脱下来扔进了垃圾箱。她说那衣服很高级也很贵,扔了让她可心疼了,可她宁可扔了,也不能让男友看到她穿那种东西。"

那些女同事听了这个故事,都像有切身体会一样不停点头。

我一面看着那件老太太衫,一面回想起她们说过的"谈恋爱时都是那样啊"。谈恋爱时,人们绝对不想让对方看到自己不好的一面。双方都竭力隐藏自己的缺点,努力走向最终目标。反过来讲,一旦结了婚,就高枕无忧了。

结婚后,我见识了有美子的很多生活习惯。比如她说她不挑食,实际上却很讨厌吃香菇和甜椒。谈恋爱约会时,她都是强忍着吃下

[①]原指日本中老年妇女喜欢穿的厚内衣或长袖内衣,出现于20世纪90年代前期,后来逐渐在年轻女子间流行开来。

这些东西的。她很怕冷，冬天无论穿裙子还是穿裤子，里面都要穿很多衣服。当然谈恋爱时，我一次都没见过她穿得这么鼓鼓囊囊。她在家里基本不化妆，而且婚后我才知道，她左边的眉毛几乎都没有了。

当然我也一样。在结婚以前，我也从未在她面前放过屁。

如果说谈恋爱就是互相展示优点，那么婚姻生活就是暴露缺点了。因为已经不用再担心会失去对方，也就不会像谈恋爱时那样努力吸引对方了。

即便如此，大家还都憧憬婚姻。结婚前我也是这样。为了得到对方的爱情而付出的努力实在很辛苦，想要安下心来，于是结婚了。那时我还不知道，这份安心让我失去了太多的东西。

加岛的婚礼在原宿的一家教堂举行。休息室里聚集了很多熟人。

秋叶也在其中。加岛的新娘是隔壁公司的职员，秋叶似乎是被新娘一方邀请来的，穿着一身黑衣。

让人生气的是里村也在，还理所当然般地坐在秋叶旁边。

不一会儿，按照女工作人员的指示，我们走进教堂，教堂中央的通道上铺着鲜红的地毯。

婚礼在管风琴的伴奏声中进行。我对新郎新娘满脸认真地扮演临时基督徒的样子并不感兴趣，只有秋叶才是我注意的对象。

不知她怎么看待这场婚礼。她会不会被氛围感染，也开始憧憬结婚呢？她会不会开始厌恶没有保障的婚外情呢？

婚礼进行得很顺利。新郎新娘沿通道向门口走去时，照例是婚礼的高潮部分。我们都从座位上站起来目送他们。那时，我清楚地看到了秋叶的脸，那个瞬间让我震惊得无法动弹。

秋叶的脸上划过泪痕。

怎么可能……

这种普通婚礼到底有什么地方触动了她的心弦，把她感动得流泪呢？是牧师那些无聊的话感动了她？是新娘新郎的誓言之吻让她流泪？这两个人的结合一点都不浪漫，他们是相亲认识的，之后便一帆风顺地直达终点。

一瞬间，秋叶往我这边看了一眼，又很快扭过脸去。

我吃了一惊。秋叶的眼神似乎在说："你是不会明白的。"

16

对于有婚外情的男人来说，冬天无疑是痛苦的。圣诞节刚完，紧接着就是新年，却无法和深爱的女人在一起。幸亏新年时秋叶去了加拿大，帮了我大忙，可我的内疚并不会因此消失。

才喘了一口气，情人节又快到了。

这些年，我始终没觉得情人节是什么特别的日子，尤其在园美出生后更是如此。有美子也不会在这一天特别为我做什么。她知道我不喜欢吃甜食，所以不会送我巧克力，我也不觉得有什么不好。

但今年不一样。今年的情人节是个无法忽视的日子。

二月十四日是星期六。为什么偏偏是星期六？我看着日历叹气。要是工作日，我可能还有办法。

让我焦虑的就是那个笨蛋里村。我偶然间听到他跟同事间奇怪的对话。

他问在情人节时去约尚未交往的女人会不会很奇怪，旁边的男同事答道："没什么大不了的。情人节一般来说是女人表白的日子，但反过来也没关系啊。"

"这样啊，也对，情人节由男人来表白也可以。"里村的神情中莫名其妙地充满了勇气。

"但前提是这个女人没有男朋友。要是有男朋友，情人节一定会跟男朋友约会。"

仲西秋叶是有男友的——我心里涌起插嘴的冲动。

"这一点没问题。我已经跟她确认过了。我问她情人节有没有安排，她说没有。也就是说她没有可以约会的对象。"里村自信满满地点了点头。

我听到这里，心情一下子阴沉下来。

不知从什么时候开始，情人节对有女友的男人来说成了重要的节日，其重要性堪比圣诞节。这一天，男人要排除一切困难去和女友约会。

反过来说，没有女友的男人就只有趁早回家了，尤其是有老婆的。

世上所有的妻子都知道这一天对于情侣来说是特别的日子。如果丈夫下班后没立刻回家，她们就会动用女人的直觉猜想。这样想来，男人甚至会觉得女人是故意把这一天弄得这么盛大，觉得这是女人的计策，即在平安夜之外又制造出一天，专门来检查丈夫有没有出轨。

这次实在没办法，我自己都放弃了。像平安夜那样的戏不可能再演第二次了。

二月的第一个星期四，我和秋叶去汐留吃饭。看夜景时，我注意到这正是我们平安夜一起吃饭的地方。我很犹豫该不该把这一点说出来，生怕弄巧成拙。

"你最近话很少嘛。"秋叶端着红酒杯说道，目光略带怒意。

"是吗?"

"你莫非在想,要是能省去吃饭聊天这些麻烦的步骤直接上床就好了?"

"我怎么可能那样想。你为什么这么说?"

"男人一般都是这样。这才是你们的真心话。"

"有些男人也许如此,但我不是。"

"那你干吗一脸严肃地保持沉默啊?"

"没什么,只是在想事情。"

秋叶说得也许没错,最近我不太能和她聊得起来。但这绝对不是因为我想赶快和她上床,而是因为结婚和情人节这类必须避开的话题增多了。我太担心误入雷区,连脚都不敢迈了。

"关于情人节……"看到我继续沉默,她开口了。

我惊讶地抬起头,觉得心都要跳出来了。

"我决定和大家一起去滑雪。"

"滑雪?和大家?"

"和同事啦,一群年轻的单身男女。是田口发起的,地点在汤泽。"

"哦……"

里村大概也会参加吧。也许田口真穗就是为了帮他制造机会和秋叶接近,才发起了这个活动。

"所以情人节的事你就不用担心啦。"

我吃惊地看着秋叶。

"你一直在想这件事吧。就像平安夜那样,想能不能找机会和我在一起。"

我叹了口气,全都被她看穿了。"我是想过……"

我这么一说，秋叶摇头道："这是你的坏毛病。你会迎合气氛说出勉强的话。但为自己说过的话买单很辛苦吧？所以我决定去滑雪了，你也不用烦恼了。"说完，她吃了一口白萝卜配鹅肝酱。

吃过饭，我和往常一样送她回家，又一如既往地进了她的房间，等她脱掉外套后就抱住她、吻她并抚摸她的头发。

若同往常一样，接下来就该上床了。但今晚不同。亲吻过后，秋叶抬头看着我问道："你失去了很多东西吗？"

我不明白她在说什么。看到我一脸疑惑，她继续说道："结婚以后失去了很多东西吗？"

"为什么这么问？"

"之前的婚礼上，有几个人说了类似的话，其中就有你。"

我想起来了。借着一点酒力，我的确说过。

"是很多啊。"我抱着她说道。

"你失去了什么？"

"各种东西。"

"你这么说我不明白。"

我凝视她的眼睛说道："什么时候你结了婚，自然就明白了。"

"那看样子我得早点结婚了。"

是啊——我本想这样回答她，可不知为什么发不出声音。

秋叶轻巧地从我怀里脱身。"晚安，谢谢你送我回来。"

这种气氛是不可能上床了。于是我也道了声晚安，离开了她的住处。

我切身感觉到结婚这个关键词果然在秋叶脑中膨胀了。她宣称过绝不同不打算结婚的人交往。她会和我这种已婚男人交往，恐怕非常出乎她的意料吧。

是不是应该和她分手了？我考虑道。这本是理所当然的。要是我爱秋叶，就不应该再束缚她。没错，我现在就是在束缚她。要是还保持现状，秋叶将进退两难。

回到家时，有美子正在打电话。从她的说话方式中推断，对方似乎是她的母亲。

"出了些麻烦。"挂了电话后，有美子说道，"妈妈要做膝盖手术，必须住院，可那样一来就没人照顾爸爸了，为这事还吵起来了呢。但就算让我过去，我也脱不开身啊。"

"你姐姐呢？"

"那天刚好要去旅行。"

"什么时候啊？"

"十四日和十五日两天，刚好是双休日。"

听到这里，我脑中闪过一个念头。有美子的老家在长冈。

上越新干线车内十分拥挤，很多都是带着滑雪板或雪橇的年轻人。要是不事先买好指定席的票，根本就没有座位。

"真不好意思，连你都扯进来了。"有美子抱歉地说道。我们一家三口并排坐着，园美坐中间。

"没什么，刚好我也没有安排。"说完，我把目光转向窗外。天空晴朗，万里无云，但如果翻过群山，蓝天应该就会变成灰色。天气预报说日本海一侧有雪。

若只有有美子和园美两个人回老家就再好不过了，可我不能说出这种话。我还没那么大的胆子。有美子似乎也没有单独回去的意思。

如此一来，可能被采纳的提案只有一个，就是我也一起去。

中午时分，我们到达长冈站，从车站打车回有美子家大概需要二十分钟。

和上了年纪的岳父打过招呼后，我的任务就基本完成了。有美子迅速系上围裙开始做饭。岳父和我本就无话好说，大概只有外孙女才是他想见的。

吃过有些迟的午饭，我抽空给秋叶发了条短信，内容如下："今晚在夜间滑雪场见面吧。我穿蓝衣服，戴红帽子。"

随后，我来到在厨房洗碗的有美子身边。"傍晚我能出去一下吗？"

"去滑雪？"

"嗯，见到雪就心动了。"

我告诉她，我可能去滑夜间场。

"你去倒是没关系，可别摔伤了啊。"

"知道啦。"

我换上滑雪服，下午五点左右离开了家。坐在出租车里，我看了一下手机，秋叶并没有回复。她可能没看到我发的短信，但若是那样，倒也很有趣。

到了长冈站，我飞奔登上了上行的新干线，大概半小时后到了越后汤泽站，然后又乘上出租车。道路两侧厚厚的雪形成了两堵雪墙。

到了滑雪场，我租了一副滑雪板就进场了。天上飘下的细小雪花在照明灯光下闪闪发亮。

还在运行的缆车只有一列，能滑的场地也并不多。我决定在缆车车站等待。

因为是情人节，成双成对来滑雪的人很多。我目不转睛地盯着每一个从缆车上下来的人，却没发现秋叶的踪影。

不久，我听到了熟悉的喧闹声，一个女人走下缆车。一定是田口真穗。我戴着护目镜，看不清她的脸，但从那大嗓门和谈话的内容就可以确认。我很快弄清了和她一起来的都有谁，但他们应该做梦都没想到对面就站着公司的同事吧。

有一个人像是里村，但秋叶不在他们中间。我有点不安了。她该不会没看到我发的短信，没来夜间滑雪场吧？

我又等了一会儿，还是不见秋叶的影子。看来她肯定留在了宾馆里。

无论如何还是先滑下去吧。我边想边开始往下滑。就在这时，上衣口袋里的手机响了。我赶紧一个急刹车，取出电话一看，正是秋叶的来电。

"喂，是我。"

"别停在那里。"我听到了秋叶的声音。

"什么？怎么了？"

"你滑到缆车对面，到缆车吊塔那里。"

我环顾四周，想找出秋叶到底正在哪里看着我。"你在哪里？"

"我就在缆车吊塔旁边啊。"

我一只手拿着手机贴在耳朵上，按照她说的滑了过去。离缆车越远，灯光就越弱，昏暗中，我已无法判断雪地的状况。

在吊塔旁边有一个小小的人影。

我放慢速度滑了过去，顺手收起手机。

秋叶穿着白色上衣，帽子把脸遮盖得严严实实。

"你真笨。"她说道,"你站在那种地方,让我怎么接近你啊?"

"为什么不能啊?"

问完这句话,我就注意到秋叶既没带滑雪板,也没带雪橇。在她身后有一连串足迹。她是走上来的。

"你为什么不坐缆车?"

她笑着答道:"因为我根本就没来啊。"

"什么?"

"我拒绝了这次滑雪旅行。所以要是被公司里的人看到就不好了。"

"可你不是在这里吗?"

"那是因为……我看到了你发的短信。"

"什么……那看到短信时你在哪里?"

秋叶轻轻叹了口气。"在家。"

我向后一仰,跌坐在雪地上。"你在东京……看到短信后才过来的吗?"

"赶得急了,还真有点累了。"秋叶也在旁边坐了下来。

"等等。我不明白。你为什么拒绝了这次滑雪旅行?有别的事吗?"

她摇了摇头。"没有。我本来就没想参加。而且要是参加,还可能被里村求婚呢。"

"可你跟我说你要参加……"

"这么说更好吧?"秋叶低下头,戴着手套的手指开始在雪地上描画。

我叹了口气。"你打算谎称去参加滑雪旅行,然后双休日两天都闷在家里吗?"

"这又没什么。"

"可那样你不会很难过吗?"

"才两天,没什么的。我在家里闷过更长时间呢。"

"更长时间?"

被我这么一问,她双手抱膝,把脸埋在双臂中。

我恍然大悟。"年末时你说去加拿大也是骗人的吧?"

秋叶没有回答。我搂过她。

"是不是?"

她的肩膀开始颤抖。不一会儿,我听见她用很小的声音说道:"我不想让你为难……"

我摇了摇头,一时语塞,只能抱紧她。

"但是好幸福。"秋叶说道,"我做梦都没想到今晚能见到你。"

闪闪发亮的雪花落到我们身上。我的目光投向地面。秋叶画的是一个心形图案,心上刺着一支箭。

17

共有秘密能让两个人心灵的联系更强。

午休时,田口真穗和里村等人兴高采烈地聊着滑雪旅行。我和秋叶不时四目相对。知道旅行背后发生了什么故事的,只有我们两人。

"你们滑夜场了吗?"我明知故问。

"滑了哦。"田口真穗雀跃地说,"冷得不得了,可是下着小雪,还闪闪发亮,特别浪漫。"

"是吗?要是和心上人一起去就好了。"

"是啊。下次一定要去那里过二人世界。"

我心里暗暗地笑了。田口真穗渴望的幸福经历,我和秋叶已经体会过了。

但要问我的心情有没有彻底转好,我还是得摇头。我和秋叶的心灵联系越是强烈,我越觉得我们的关系不能再这样持续下去。

在夜间滑雪场被彻底震撼后,我回到了有美子的老家。我真想带着秋叶找个旅馆过一夜,不想离开她。

但还是秋叶及时给我踩了刹车。"我也不想离开你，想一直和你在一起，想和你一起离开，到什么地方都好。但要是那样做了，就会造成无法挽回的后果，世上不会有我们的容身之处的。你得回家，而且过了周末我们都要去公司上班。我们只能像往常一样见面，这是无法改变的。今晚你就回你太太那里吧，算我求你。"

到目前为止，我已不知被她的坚强和冷静救过多少次了。听了她的话，我总算意识到自己的愚蠢，从而避免了把自己逼到无可挽回的境地。

但我不能总这样依赖她。

我该怎么做？我能怎么做？

这天加班加得有点晚。回到家后，一开门我就闻到了咖喱的气味，是我们家一直吃的那种咖喱。咖喱依照园美的口味做得偏甜，在我看来和牛肉丁盖浇饭差不多。

客厅里，有美子不知在给谁打电话。和室的拉门关着，看来园美已经睡了。

"……就是说嘛。我们这里的幼儿园也是那样的。听别人说，无论如何还是以私立小学为目标才好。"

电话那端的人似乎是她学生时代的朋友，也有一个和园美差不多大的小孩。两人经常交流育儿经。今天的话题似乎是有关小孩升小学的问题。园美已经上了一年幼儿园，有美子正考虑接下来让她上私立小学。

我坐在沙发上读了差不多五分钟报纸，她才挂断电话。

"回来啦？吃饭吗？"

"嗯。"

有美子走进厨房。我听到她点着了火，看样子是准备加热咖喱。

我不知道日本到底有多少夫妻，可无论以什么标准分类，我和有美子应该都能归入"标准"那一类。生活上没什么困难，但也并不富裕，存款和贷款都有。作为一家之主的我是个工薪族，在上市公司工作，暂时不用担心公司会倒闭。

有美子看样子很满足于自己是这"标准"夫妻中的一员。她相信，既然昨天和今天都没有变化，那么明天也不会有变化。剧变或意外都是她不愿见到的。

我对这样的妻子感到不满。我也明白这样一成不变的平凡生活有多可贵，可一想起以后还有漫长的人生，就觉得眼前一片黑暗。再一想到今后的十年或者二十年都要过着这样一成不变的无聊生活，我就感到恐怖，这毫不夸张。

我坐在餐桌旁，面前摆着一盘咖喱饭。我一面看电视新闻，一面吃着依小孩子的口味做的甜咖喱饭。

我并非不想要这样的生活。结婚前我想象过很多，就连下班回来却只能吃孩子爱吃的东西都想象过，那时我甚至很期待这一天的来临。我的梦想之一就是这样平凡的家庭生活。

现在想起来真是不可思议，当年我怎么会那样想呢？同时，我也很讨厌不再那样想的自己。

我默默地吃着咖喱饭，有美子坐在旁边一面喝茶一面看杂志。我用余光瞥了一眼，发现标题是私立小学的各项排名。

"你觉得让园美坐电车上下学怎么样？"等我吃完饭，有美子问道。

"什么意思？"我仍然面对电视，问道。

"你觉得园美行吗？"

"这个嘛……不太清楚。"

"要是不用换乘还比较放心，如果要换两次以上就有些让人不安了。"

"有必要让她去那么远的地方上学吗？"

"可是离家近的地方都没有什么好学校，没办法嘛。嗯，习惯了以后应该就没事了吧……离家稍微远一点也没关系吧……"

有美子用的是商量的口气，可她并不是在征求我的意见，而是想确认自己的想法。她之所以问我，只是想把头脑中整理过的想法说出来而已。要是说她想从我这里得到什么，应该只有我的赞同吧。

"我吃饱了。"说完，我站起来往浴室走去。我泡在浴缸里想了很多事。

要是我提出离婚，有美子会有什么反应？可能会哭。以前我们交往时曾一度要分手，那次她在我面前没哭出来，可眼睛已经红了。

当然，我认为她不会干脆地答应离婚。她会跟我提出什么要求？首先应该是要我和情人分手。但就算分手了，我们也不可能回到以前那样的平静生活。等待我们的只有互相折磨的苦恼人生。

最后，她应该会觉得只有离婚这一条路好走。但她肯定会跟我提出各种各样的条件。园美肯定要由她抚养，所以要跟我索要包括小孩抚养费在内的生活保障。当然，赔偿金也少不了。

要是到了那一步，我只能尽量满足她的要求。不管怎么说，百分之百错在我。

从浴室出来后，我回到卧室，打开电脑，上网搜索出租公寓。租金要尽量便宜，去公司也要方便，而且便于和秋叶见面。因为只有我自己住,面积没必要太大。

在搜索间隙,我环顾卧室。这套公寓买了有两年多,还留有新房的气息。这是我好不容易买下来的属于自己的房子。买下这套公寓时,我觉得总算了结了人生的一大心愿。

要是离婚,我就得放弃这套房子了。这是理所当然的。

第二天,我正在工作,听到背后一个同事说道:"仲西,有人找你,从接待大厅打电话过来了。"

对秋叶这样的派遣员工来说,有客人来访实在罕见。我竖起了耳朵。

"是什么人啊?"秋叶问道。

接电话的同事确认对方姓名后对秋叶说道:"是一位姓芦原的先生,说是你父亲的熟人。"

我吃了一惊。芦原——这个姓氏我有印象,是那个在蝶之巢见过的刑警芦原。

秋叶接过电话,说了几句后就走出办公室。一定是去和芦原见面了。

我手头的工作没停,却静不下心来。那个芦原到底有什么事,竟然跑到这里来找秋叶。

我回想和芦原见面时的场景。为什么他还在追查那起案子?要是他说因为案子还没结,那我也没什么话好说,但我实在不明白他为什么执着于秋叶。就算诉讼时效就要到期让他很着急,他应该也不会以为事到如今还能从秋叶那里得到什么线索。

我实在无法静下心来工作,便站了起来。虽没人注意,但我还是演了出上洗手间的小把戏，出去后直接乘电梯来到一楼的接待大厅，从入口窥视。里面摆了一排方桌，占据了差不多一半的空间，就像学校的教室一样。

我看到了秋叶，芦原则背对着我。虽听不到他们谈话的内容，可我看到秋叶低着头，简短地回答着什么，看起来应该限于"是"或者"不是"。她的表情很僵硬。

芦原站了起来，秋叶也抬起了头。我赶紧躲起来，注视着秋叶走出接待大厅。等到看不见她时，我才走了进去。芦原正要从访客出口出去。

我追上去喊了一声"芦原先生"。他宽阔的背颤了一下，那张方脸慢慢转了过来。有那么一瞬间，他似乎没认出我，但很快就赔起笑脸。

"啊，是你。"芦原打了声招呼，"上次多谢了，你姓渡部吧？"他往我身后看了看，像在找什么，然后回过头来问道，"你陪仲西来的？"

"不是，她什么都不知道。我见过你的事也还没跟她说。"

"是吗？你为什么不说呢？"

"实在有些难以启齿。"我实在无法跟芦原说，就在前一阵子，情人节占据了我全部的心思，没有多余精力考虑这件事。"你今天来找她有什么事吗？"

听我这么问，芦原嘿嘿地笑了，是那种满肚子坏主意的笑。"你很在意吗？"

"当然在意。"我回瞪他，"我很好奇，事到如今你还问十多年前的事，到底能有什么收获？"

"上次我也说过，眼看时效就要到了，我们也着急。要是不抓紧时间做些能做的事，被上面怪罪就不好了。"

"就算是这样……"

芦原没让我把话说完，紧接着说道："今天我问了仲西有关她母亲的事。"

"她母亲？但她母亲应该已经……"

"去世了。在出事三个月前去世的。"

"三个月前？"我有些意外。秋叶的母亲似乎是在她更小的时候去世的。

"不过，"芦原补充道，"她的父母在她母亲去世前没多久离婚了。"

离婚这个字眼触动了我内心的某处。"这样啊。"

"你不知道吗？"

"我完全不知道。是什么原因导致离婚的？"

芦原苦笑一声，摆手说道："对不起，因为牵扯到个人隐私，更深入的事情我就不能说了。其实我刚才说的已经侵犯了不少个人隐私了。这个话题就此打住吧。"

"你问了秋叶关于她母亲的什么事？"

"我不是说过了吗？这既是调查机密，又牵扯到个人隐私，所以我不能多说。要是你想知道，就直接去问她本人吧。现在你还经常和她约会吧？"

芦原特意强调了"约会"二字。旁边空无一人，但他一定是看穿了我的心思，知道我很在意别人的目光。

看到我哑口无言，芦原似乎很有成就感。"那我先走了。"他说完就离开了。我郁闷地目送他。

回到办公室，秋叶正浑若无事地面对电脑办公。她瞥了我一眼，嘴角浮出浅浅的笑意，看上去并不知道我和芦原见过面。我也想回她同样的笑脸，却不知道有没有成功地笑出来。

18

在那个戏剧般的情人节过去一周后的星期六,我开车带秋叶去横滨。我们已很久没有开车兜风了。是她说想去横滨的,说想去元町走走。

"你今天没事吗?"她语气轻松地问道。

"你指什么?"

"你家里。"

我像刚注意到似的应了一声,答道:"没事,你别担心。"

她沉默片刻后,小声说道:"我就是担心嘛。"我感受到了她心里的痛苦。

我们从新山下一带驶出湾岸线,前往石川町站。在去车站的途中,我们发现了一个停车场,就把车停在那里。因为是星期六,停车场比较拥挤。

经过一座小桥后走进一条羊肠小道,就算来到了元町商业街的正中间。那里都是年轻女子喜欢的蛋糕店、首饰店和时装店之类,街上大都是三三两两的女人，看不到几个男人一起在这里逛街的景象。

"以前我经常来这一带玩。"秋叶边走边说，目光中带着怀旧。

"是和男朋友来这里约会吗？"我刻薄地问道。

她笑了起来。"那时我才是初中生，哪来的男朋友啊。"

"哦？那是和朋友来的吗？"

这一带还真有不少中学生模样的女孩。

秋叶摇了摇头说道："是和我母亲来的。我们都很喜欢来这里购物，还喜欢边走边吃蛋糕。"

听秋叶说起她的母亲，我吃了一惊。她总是这样，完全能洞察我内心的想法，然后提前一步踏入核心，而且每次都这么突然，让我惊慌失措。

"怎么了？"秋叶转过头来看着我问道。因为我停下了脚步。

"我想听你说说你母亲的事情。"我心一横，脱口而出。

秋叶盯着我看了一会儿，笑着点了点头。

"是吗？那找个地方坐下来说吧。前面应该有家环境低调的咖啡厅，不知道还在不在。"

她轻快地迈开步子，我赶紧跟上去，追赶时发觉她竟然对我刚才说的话没有一点疑问。按理说，要是有人忽然说想了解你妈妈的事，一般人都会觉得奇怪。

秋叶带我走进一家像走廊一样狭长的咖啡厅。店内的一整面墙全是玻璃，所以完全没有压迫感。店面朝南，店内像温室一样暖和。我不禁无聊地想象夏天时这里的情况。

秋叶点了皇家奶茶，我则点了咖啡。

"母亲以前很喜欢这里的奶酪蛋糕。"她环顾店内说道,"曾有一次一口气买了五个回来,全被我们俩解决掉了。"

"你和你母亲关系很好啊。"

"是吗?嗯,可能是吧。那时我还是个孩子,对母亲的反抗意识还没萌芽。"

我很想问她对父亲有没有反抗意识,但忍住了。不知为什么,我脑海里闪过了园美的面容。

"我说,"秋叶喝了口茶,"芦原告诉你什么了?"

我嘴里含着的咖啡差点喷了出来,我慌忙咽下,感觉喉咙都要烫伤了。

"没事吧?"她笑着问道。

"你……你怎么知道?"

"知道什么?知道你和芦原见过面?"

"嗯。"

"那个我早就知道了。姨妈告诉我的。你新年时不是见过我姨妈吗?"

原来如此。那天五彩夫人可能看到芦原从店里追出去找我了。

"上次我去见芦原,回到办公室后发现你不在,就想你可能去找他了。"

"是我主动去找他的。"

"哦。你问他关于我母亲的事了吧?"

"他说这是隐私,没跟我说多少。"

"那个象棋男,没想到他居然会用隐私这个词啊。"

"象棋男?"

"是啊,你不觉得他那张颧骨高耸的脸长得很像日本象棋的棋子吗?要是盯着他的脸仔细看,你就会看出'金'字来。下次你好好看看。"

我想起芦原那张脸,不禁笑了出来。秋叶说得一点都没错。

秋叶也笑了,但她很快就严肃起来,说道:"芦原认为我家的案件并不是单纯的盗窃杀人。"

"为什么?"话一出口,我的嘴角也紧张起来。

"他认为作案的是本条认识的人,或者有本条认识的人涉入。"

"本条认识的人?"

"我也不太清楚。"秋叶一脸不解,"但芦原是这样想的。他认为案子和仲西绫子有关。"

"仲西……那是谁?"

"绫子,冈本绫子①的绫子。我的母亲。"

我猛地收紧下颚,挺直了脊背,把手伸向水杯。

"不过……案发三个月前你母亲应该已经去世了啊,而且更早的时候不是离婚了吗?"

秋叶点了点头。"没错。是芦原告诉你的吧?"

"他为什么认为案件和你母亲有关?"

"他用了排除法。"

"排除法?"

"他自己做了不少调查,认为盗窃杀人的可能性为零。那么,作案的就是本条认识的人了。杀人动机是什么呢?他按照这个思路一

---

① 日本著名高尔夫球运动员。

个个排除，最后就只剩下我母亲了。他觉得这和我母亲的非正常死亡有关。"

"非正常死亡？"

秋叶直直地盯着我。"自杀。母亲是服毒自杀的。"

我觉得全身的汗毛一下子都竖了起来，完全不知道该说什么，只有不停地眨眼。秋叶从我身上移开视线，望向远处。

"那时刚过新年。母亲喝除草剂自杀了。大人们并没有第一时间告诉我，是我看到父亲和姨妈忙来忙去，就问发生了什么事，姨妈才告诉我母亲自杀了。父亲都没正眼瞧过我，对母亲的死也没有任何表示。说起来，那时警察也来了。我当时还什么都不懂，不知道这就叫非正常死亡。警察虽然来了，也只是问了事情的前因后果。现在想想，要到死者的前夫家里讯问，警察也一定很郁闷吧。"

"他们立刻就明白你母亲是自杀吗？"

"好像是这样。警察说是冲动性自杀。"

"冲动性……"

秋叶慢慢把茶杯凑近嘴边。她刻意放缓动作，似乎想让自己冷静一下。"我在母亲去世前不久还和她见过面。"

"见过面？在哪里？"

"在母亲住的地方。那年新年我是和母亲一起过的。那时她一个人住在吉祥寺的公寓。在离婚前，他们已经分居了一年多，那所公寓是父亲给母亲准备的。他们分居以后，我还是经常去母亲那里玩。父亲当然知道，偶尔也跟我打听母亲的事。但我经常耍赖说我没去母亲那里。"

"你母亲去世前你也去见她了？"

"我总说要和她一起过新年,但也就是一起喝喝茶、吃吃点心。"她叹了口气,"母亲的遗体是在两天后发现的。"

"谁发现的?"

"母亲的朋友。打电话来可是没人接,觉得有些不对劲就跑过来,跟公寓管理员说了情况,让管理员开了门,结果就发现了。"

"自杀的原因弄清楚了吗?"

秋叶盯着我的眼睛说道:"精神问题。"

"哦……"

看到我的反应,她笑了。"你不知道说什么才好吧?母亲有点抑郁症,去医院看过,还开了些药。但从自杀前几个月开始,她就不再去医院了,药也不喝了。据说这是抑郁症的典型症状,最后会发展到连去医院都难受的地步。她不服药,病情当然不会好转。后来她越来越悲观,最后觉得还是死更轻松。据说百分之三十以上的抑郁症患者都想过自杀。"

听了秋叶的说明,我还是无话可说,只好喝咖啡来蒙混过关。至于咖啡的味道,我根本没品出来。

"医生说,可能是正式离婚击溃了她最后的心理防线。"

"正式离婚?"

"我不是说他们分居了一年多了吗?正式离婚申请是在母亲去世前一个月递出的。"

"这样啊……"

那么离婚应该就是自杀的导火索了。

"你知道他们分居并离婚的原因吗?"

秋叶歪了歪头。"丈夫工作繁忙无法顾及家庭,妻子则无法理解丈夫的苦衷。两人商量后,决定为了各自的幸福重新开始。"说完,她看着我耸了耸肩,"很奇怪吧,明明是为了幸福才结婚的,最后却要为了各自的幸福离婚。"

"你的意思是另有原因?"

"不清楚。他们没跟我详细说过。那天我从学校回来,母亲跟我说她要和父亲分开住,我当然问过原因,但母亲的回答模棱两可。她只说两人商量后觉得这样最好,却没告诉我他们都商量了什么。"

我低着头,用勺子搅动咖啡。

事情大致明白了。秋叶也知道父母离婚是因为本条丽子。简单来说,是秋叶的父亲仲西达彦的婚外情造成了她父母离婚。不知道秋叶父亲的婚外情是什么时候开始的,但这样想就能说通了。秋叶父母在分居后没有马上离婚,应该是因为两人花了很长时间商量解决方案。

我对比自己的情况想了想。有美子也应该不会马上同意离婚,可能会先分居吧。

也许是我太沉默了,秋叶微微笑了,但看起来笑得很勉强。

"谈话内容太沉重了。"

"这倒没关系……"

"再去走走吧。"秋叶语气轻快地说道。

出了咖啡厅,我们走上一条缓坡,不知不觉到了元町公园。那里有条被树木环绕的道路,通往外国人墓地。

"以前经常和母亲到这里捡栗子。"秋叶边走边喃喃地说,"母亲说栗子炒了以后下酒很好,可我没吃过。"

她的母亲,即仲西绫子,肯定为丈夫炒过栗子。

"那个……"我战战兢兢地问,"你父母离婚这件事,你是怎么想的?"

"什么意思?"

"就是……"

我斟酌着字句。秋叶停了下来,转向我。冷风从坡下吹上来,撩起了她的长发。

"你要是问我难不难过,我当然难过。我完全不明白他们为什么非离婚不可。我那时只是初中生,可也大体懂得男女之间的感情是会变的。但我总是毫无根据地认为自己的父母与众不同。父母的离婚让我知道自己的想法只不过是幻想,这让我很受打击。"

我很能理解她的话。我很幸运,父母没有离婚。但我完全不觉得那是侥幸。像秋叶一样,我也毫无根据地认为只有我的父母是特别的。

"对了,芦原到底认为你母亲和十五年前的案件有什么关系呢?"

"不知道。因为完全没有线索,他只能试着把以前发生过的事一件一件地拼凑起来。"秋叶歪着头说道,"前妻自杀后三个月,情人就被杀了……如果以我父亲为案件中心来考虑,警察当然会在意了。"

"芦原怀疑你父亲吗?"我不禁睁大眼睛。

秋叶边思考边慢慢迈开脚步。"是啊,是在怀疑我父亲。但他不只怀疑我父亲,或者说我父亲在他的名单上还不排第一个。"

"名单?"

"嫌疑人的名单。因为我父亲没有杀人动机。"

"那谁有动机?"

秋叶像是没听到我的问题一样环顾周围,深吸了一口气说道:"有

149

叶子的气味。你不觉得空气不像以前那么冷了吗？是春天临近的感觉呢。"

"秋叶，到底是谁……"

"两个人。"她伸出两根手指，"有两个人有杀人动机，而且动机相同，都是因失去了所爱的人而施行报复。"

"所爱的人……你是说你母亲？"

秋叶把垂到脸上的头发往后捋了捋。"从我刚才的话推断，不是当然的吗？"

"你说有两个人……"

"一个是仲西绫子的妹妹，还有一个是她的女儿。"秋叶停下脚步，双手插在大衣口袋里，迅速转过身来。一瞬间，她的大衣下摆像裙子一样展开了。"怎样？很有趣的说法吧？"

"一点都不好笑。"我紧绷着脸说道，"为什么你们俩会被怀疑？这没道理啊。"

秋叶收紧下巴，眼睛上翻着看着我。她的眼神认真得有些冷酷，我不由得吃了一惊。

"为什么没道理？"她问道，"所爱的人死了，就会怨恨导致这件事发生的罪魁祸首，这难道不是理所当然的吗？我认为芦原的想法没有错。"

"你……你恨吗？"我微微低下头，窥视她的表情。

秋叶皱了皱眉，用指尖按了按太阳穴，随即换上笑容。"这个嘛，太久了，我忘了。"她合拢大衣前襟，转身走开。

"我有个女儿。"我冲着她的背影说道，"要是我离婚，我女儿是不是会恨什么人呢？"

秋叶停了下来,但没有转身。"就算开玩笑也别说这种话。"

"我不是在开玩笑。"

她转过身来。"你真是个残酷的人。"

"残酷?为什么这么说?"

"你明知道我曾经和你的女儿处境相同,却故意这么问。我会怎么回答,你心里再清楚不过了。别想什么离婚,会伤害你女儿的,不要让你女儿重蹈我的覆辙——你想让我这么说吗?"

"不是,不是的。我真不是这个意思。"

"够了!"秋叶严厉的声音回荡在树林里,"你别担心,我会按照你的期待回答的。你不能离婚,你得珍惜自己的家庭——这么说行了吗?"

她说完就迅速走下坡道。

"等等!"

她没有停下,我追过去抓住她的肩膀。

"放开我!"

"我不是那个意思,你误会了。刚好相反啊。"

"相反?"

"我想听你说没关系。我想听你告诉我,就算父母离婚了,你也没受到太大影响,没有恨任何人。如果你这么说,至少能让我轻松一点。"

秋叶正准备挣开我的手,听到这番话,她惊讶地睁大了眼睛,脸色发青。"轻松……你什么意思?你不是把和我的关系隐藏得很好吗?"

"现在是这样,但要是我离婚就另当别论了。我觉得不可能一直隐瞒下去。"

秋叶张大嘴连吸了好几口凉气,半天说不出话来。她摇了摇头,不停地眨眼,随后轻轻摆手,挤出如下的话:"不行。这样不行,你绝对不能这么做。你在耍我吗?这太过分了,真是太过分了……"

"我没有耍你。这种关系我已经觉得很难受了。我知道我让你很痛苦,可还要装作什么都不知道,我不想这样了。要么和你分手,要么离婚,两条路我只能选一条,而我不想和你分手。"

听完我的话,秋叶闭上眼睛,双手抱头蹲了下来。

"怎么了?你没事吧?"

"你刚才做了无可挽回的事情。"她说道,"你让我看了一个梦。这个梦绝对不能看,所以我已经把它封起来了。你明白吗?比起做梦前,梦醒时会更加心寒。"

"我不会让这个梦醒来的,不会让它只是个梦。"

"拜托,什么都别说了。还有,请允许我任性一次。"

"什么?"

"今天的约会到此为止。对不起。我坐电车回去。"

"秋叶……"

她站了起来,踉踉跄跄地走了两步,但很快又停下来说道:"我并没有生气。但要是今天继续和你在一起,我觉得自己好像要毁灭了,有些害怕。"说完她便走了。

我目送着她的背影,审视自己的所作所为。无可挽回的事情——也许的确如此。

19

日子很快就到了三月。早晨去公司时，秋叶已经到了，正和田口真穗等人谈笑风生。于是我凑过去问了一句："聊什么呢？"

"你还是别问为好。"田口真穗笑着说。

"什么啊，神神秘秘的。"

"那我就告诉你吧，但你可能会后悔哦。"田口真穗用一只手捂着嘴，悄声说道，"我们在说白色情人节[①]。"

"白色情人节……这么快就到了啊。"

"渡部先生，你应该有不少需要回礼的人吧？再不赶快准备就来不及了哦。"

"今年我没收到巧克力啊。情人节赶到周六了嘛。"

"哦，这样啊。"

这时秋叶开口说道："那你可得买礼物送给太太。你收到太太送

---

①指3月14日，在这一天，收到情人节（2月14日）礼物的男人需要回礼给对方。

的巧克力了吧?"

她的语气有种奇妙的明快,让我的心混乱起来。

"没收到,她才不会送我呢。"

"是吗?"秋叶一脸疑惑。

"好可怜哦。"田口真穗说道。

"结婚时间一长,就不会再做那些事了。"

"这样啊。"

"他肯定收到了。"秋叶用胳膊肘捅了捅田口真穗,"渡部先生只是不好意思承认。"

"才不是,我说的是真的。"我不禁有点生气了。

秋叶盯着我看了看,开玩笑似的耸耸肩道:"你有没有收到都无所谓。"说完,她转身走回了座位。

我忽然有种冲动,想抓住她的肩,让她等一等。她简直就是在揶揄我之前的话,言外之意似乎在说:"婚姻美满的你根本不可能离婚。"

我急得牙根痒痒,但无论如何也不能当面跟她这么说,只得回到座位上。

打开电脑,收件箱里有一封邮件报告横滨某幢大厦的霓虹灯出了问题。真烦人!我立刻给客户打电话道歉,然后便和这个项目的负责人一起开公司的客货两用车赶往故障现场。

虽然只是一点配线故障,但若要排除,就必须切断大厦的部分电力供应,这就麻烦了。我们先和承包这项工程的公司碰了头,之后便去跟客户商量善后。折腾来折腾去,最后离开现场时,已是晚上八点多了。

我把车留给还在那里干活的员工，自己叫了出租车前往横滨站。但路上我改变了主意，跟司机说要去中华街。

蝶之巢所在的大楼还是一如既往的寂静。我走上狭窄的楼梯，打开右边的店门。店里放着钢琴演奏的爵士乐。桌旁有两个客人，吧台旁也有一个，却不见五彩夫人的身影。芦原也不在。

"晚上好。"我跟白发调酒师打招呼。他也招呼道："欢迎光临。"

我点了一杯时代波本威士忌配苏打水。喝了一口后，我问道："滨崎女士呢？"

"她今晚出门了。"调酒师平静地回答，"有什么需要转达的吗？"

"不用，谢谢。我刚好到附近，就顺便过来看看。"

"是吗？真是对不起。"调酒师鞠了一躬。

既然五彩夫人不在，那待在这里就没有意义了。我本想问问她秋叶母亲自杀前后的事。

我一面快速地喝酒，一面环顾店内。旁边的女客正在看一本很厚的材料，看上去是一份剪报。她看起来四十多岁，戴眼镜，齐肩直发染成了茶色。

我正琢磨独自来这种地方的女人到底会是何等人物，手机响了，是部下打来的。

我走到洗手间附近接电话。部下报告说，故障总算排除了。我正给他发指示，忽然看到了某个东西，随即震惊得说不出话来。

我是站着接电话的，从我这里不仅可以看到坐在吧台旁的女人的后背，连她正在看的那份材料都能看到。

我瞥了一眼材料的内容，顿时惊得哑口无言。

"喂，能听到吗？"部下在电话里喊道。

"嗯,能听到。就按照刚才说的顺序进行。后面的事就交给你了,拜托了。"

我挂了电话,回到原位继续喝酒。我觉得口干舌燥,没几口就把杯里的酒喝得一干二净。

我偷瞄那个女人的侧脸,她似乎没注意到我的异常举动。

这个女人到底是谁?

至少,她不是单纯地只想一个人来这里喝酒,应该是来找五彩夫人的。

刚才不经意间看到的材料内容深深地刻在我的脑中。

那是一篇旧报道,标题是"光天化日下东白乐盗窃杀人",照片上毫无疑问是秋叶家的房子。

我又点了一杯酒。

旁边的女人一面看材料,一面慢慢地喝黑啤。杯里的啤酒泡沫已经完全消失了,看起来就像是一杯没了气的可乐。很明显,她并不是来品酒的。

白发调酒师看起来也和往常有些不同。他一直在不经意地观察客人,努力尽早洞察客人的需求,提供完美的服务。可他明显对那女人看都不看,至少在我眼中是这样的。

我喝完第二杯,正在犹豫要不要再点一杯时,那女人动了起来。她合起材料,把它们收进一个大背包。

"多少钱?"她问调酒师。

调酒师把价目表放到她面前。她沉默着从钱包中拿出钱,然后便收起钱包,穿好大衣,背起背包朝门口走去。

我拿着空酒杯,犹豫着要不要追上去。关于秋叶家的案子,她一定知道些什么。也许不仅仅是知道,她肯定是为了这件案子来见五彩夫人的。

"再来一杯吗?"调酒师问道。

我看了看他的脸。他嘴角浮出笑容,目光却非常认真,毫无笑意。

"不用了,多谢招待。"我下定了决心,"多少钱?"

调酒师似乎有些意外,说了句"请稍等",拿起了计算器。

这样磨磨蹭蹭会跟丢的。我心下着急,便从钱包里取出一张万元大钞放到吧台上,说道:"这些应该够了。"

调酒师惊讶地看着我,表情很狼狈。

"要是不够,请把账单寄到这里。"我把一张名片放到账单旁边,拿起外套。

"那个,等一下……"

我不再理会调酒师,径直走了出去。一出门,我立刻四下张望。

那个女人已经不见了。我拿着外套跑了起来。到了十字路口,我四下张望,还是不见她的身影。

她大概是上了出租车。那样的话就不可能追上了。我很后悔在她离开时没有立刻追上去。

就在我不知所措、几乎要放弃时,那个女人从旁边的便利店里走了出来。她左肩背着放材料的大背包,右手提着一个白色塑料袋,隐约能看见里面放着瓶装饮料和三明治。

她向我瞥了一眼,顿时面露惊讶,但之后并没在意,直接往车站方向走去。

我赶紧追上去搭话:"请等一下……"

她停下脚步,转过身来。我解释道:"对不起,我是在刚才那家店里，就是蝶之巢里坐在你旁边的人。"

她不知所措地半张着嘴，眼镜后面透出不安的目光。

"你要是想推销，我一概谢绝。"她的声音很低，却很坚决。

我微笑着摇了摇头。"不是推销，是想问你点事，有关你刚才看的那份材料。"

"材料？"她皱起了眉。

"对不起，我从你身后走过时瞥到了那份材料。你收集的是有关东白乐盗窃杀人案的资料吧？"

她睁大了眼睛。"你还记得那起案子吗？"她的声调提高了一些。

"不是还记得，而是最近才知道。那起案子快过诉讼时效了吧？"

"没错……你是看了最近的报纸知道的吗？"她明显有些失望。我觉察到如果我只是通过报道了解到一些事情，她就不打算和我说下去了。

"我的熟人和案子有关，我是从她那里得知的。"

她脸上又浮现出兴趣，朝我走近一步问道："你的熟人和案子有什么关系？"

"是被害人的家人……不，应该是住在案发地的人。"

"是仲西家的人吗？"

"是的。"

"那家是父女两人一起生活。你的熟人是……"她盯着我的眼睛问道。

"是女儿。"

"是秋叶啊。"

"嗯。"我点了点头。

她打量着我，可能是在猜测我和秋叶的关系，以及我为什么会对这起案子感兴趣。

我从怀里取出名片。"我姓渡部，是仲西秋叶的同事。"

她接过名片仔细看了一会儿，仍是一副不明就里的表情。她大概觉得，若只是同事，应该不会对十五年前的案件感兴趣。

我不能只被动地回答问题，便主动出击，问道："我知道这很失礼，但我想问问你为什么收集那起案件的资料呢？还有，你去蝶之巢的目的是什么？"

她的嘴角微微露出笑意，隐藏在眼镜后的目光却是冰冷的。"你为什么问这些？我喜欢做什么是我的自由。"

"话是这样，可是……"

"难道，"她用指尖扶了扶眼镜，再度看着我说道，"你很在意还有人对那起案子感兴趣？你不希望还有人深挖那起案子？"

"深挖？什么意思？"

她微微歪了歪头，问道："你是秋叶的男友？"

我语塞了。这个问题问得突然，我不知要不要老实回答，但我的犹豫反而让她确信了。

"是啊，她有个男友也不奇怪。"

"没错，那又怎样？"

"别生气啊。而且是你先来找我的吧。"

我沉默了。她笑出了声，但眼神仍然冰冷。

"你是她的男友，从她那里听说了这起案子，当然会在意我的材料。你应该也知道蝶之巢的老板娘是秋叶的姨妈吧？"

"知道。"

"你听她说过有关案子的事吗?"

"没仔细听过,而且她似乎并不愿谈起这个话题。"

"关于案子你知道多少?"

"这个……"

"你只是从秋叶那里听说的吗?"

"听她说过后,我也读了有关报道,就这些。"

其实我还从芦原那里得到了一点消息,但我隐瞒了这一点。

"是吗?只是这样啊。哦……"她故作姿态地点了点头。

"你为什么会有那样的材料?你应该是想问滨崎女士有关案子的事,才到蝶之巢去的吧?你跟案子有关?"

她沉默了,一会儿轻咬嘴唇,一会儿叹气。不久,她抬起头看着我,下定决心般地点了点头。"没错。你都报上名了,我还遮遮掩掩的就不公平了。而且要是你去问蝶之巢的调酒师爷爷,他也一定会告诉你。"

那个调酒师果然知道这个女人的身份。

她从背包里取出名片,上面写着一家设计事务所的名称和钉宫真纪子这个名字,头衔是设计师。

"钉宫……对吧?"

"没错。"她说完又补充了一句,"旧姓是本条。"

"本条……"我喃喃地重复了一遍,猛然倒吸了一口气,"本条……你是本条丽子的……"

"我是她妹妹,是货真价实的被害人家属。"她略微抬了抬下颚。

我一时无从回答。我从没想过被害的本条丽子可能会有家人。虽说我没有机会问,可的确连想都没想过。

"这下你明白了吧？我想知道姐姐被杀的真相，想找出杀害姐姐的真凶，才会背着案件的材料到处走。我也有工作，不可能二十四小时考虑这件事，但只要一有时间，我就会尽力调查。去蝶之巢也是我调查的一环，再怎么说，滨崎妙子也是为数不多的证人之一。"

"这样啊……"

"你明白就好。那我们的谈话就到此为止，可以吧？"她背好背包，转身就走。

我慌忙喊道："啊，请等一下。"

"你还有什么不满吗？"

"不是。"我追上去，站在她面前，俯视着双眉紧皱的她，舔了舔嘴唇，"那……关于案子你查出什么了吗？例如报纸没报道过的事实，还有新消息什么的……"

她缓缓地眨了眨眼，说道："倒是有一点。再怎么说，我也是连续查了十五年哪。"

"都有什么呢？"

她显得很意外，随即叹了一口气道："我为什么要告诉你？"

"我不是那个意思，只是想多了解那起案子……"

"为什么？"

"因为秋叶也对那起案子很在意。我觉得那起案子无论对她还是对仲西家来说，都是不能触碰的伤痕。如果你有能接近真相的线索，哪怕一点点，也请告诉我。"

"你想拿来安慰秋叶吗？"

"不是那个意思……"

钉宫真纪子看了一眼手表，看样子不想再跟我谈下去了。"不好意思，我得回去了，不然我丈夫会担心的。"

"为了我自己，我也想知道。"我猛然间说道。

"为了你自己？"

"我……"我赶紧调整呼吸，接着说道，"我打算和秋叶结婚，也就是要和仲西家发生联系。所以我有必要知道她家发生过什么事。"

我感到身体发热，意识到自己刚才说了非同一般的话。

也许是我的兴奋传达给了她，她换了一副沉思的表情，又看了一眼手表，再次看向我说道："要是那样，还是跟你说说比较好。我也觉得你有必要知道……不过，我有一个条件。"

"什么条件？"

"跟我合作。你在和秋叶交往，可能知道些我不知道的事。你能毫无隐瞒地告诉我吗？"

"告诉你倒没问题，但我知道的只有秋叶告诉我的那些。"

钉宫真纪子摇了摇头。"并不是让你跟我说案子，而是让你跟我说些有关秋叶的事。"

"秋叶的事？"

"还有一条。"她竖起食指，"你必须保持中立。如果你的立场出现倾斜，我就不能再跟你说了。"

"中立是什么意思？"

"如果你成了仲西家的人，我就什么都不会说了，你最好也不要问。就算你问了，也只能平添不快而已。那时你肯定会像滨崎妙子一样躲开我。"

因为要躲这个女人，五彩夫人今晚才没出现在店里吗？

听着钉宫真纪子的话，我大体了解了她对这起案件的看法。我不禁想起之前跟秋叶的对话，芦原的话也浮现在我脑海里。

"我知道了。按照你说的，我还算中立。我没打算偏袒任何人，只是想客观地把握整起案件的来龙去脉。我知道你接下来要说的话可能会令人不太愉快，但我还是想知道。"

钉宫真纪子盯着我的眼睛，眨了好几下眼后点了点头。"我们找个方便谈话的地方吧。"

不远处有个家庭餐厅。我们在最靠边的桌子旁坐下。四周无人。

"我能点杯啤酒吗？"她问道。

"请便，我也要啤酒。"

我们点了两杯生啤，我不禁想起她在蝶之巢喝黑啤的样子。

"你什么时候开始和秋叶交往的？"钉宫真纪子问道，连等啤酒送上来的这段时间都不想浪费。

"去年秋天。"

"我再问个比较傻的问题，是你追求秋叶的吧？"

"这个……"

看我吞吞吐吐，她向上翻了翻眼睛，瞪着我道："不是说好什么都告诉我吗？"

"我知道。但我倒没有清楚地表白过。我们偶然碰见，然后一起去喝酒，这就是交往的开端。"

我一面说，一面回想当时的情况，脑海里又浮现出秋叶在击球中心不顾一切拼命打球的样子。那只是不久之前的事，却感觉过了很长时间。

"不管怎么说，是你主动约她的？"

"嗯。"

"这样啊。"钉宫真纪子点了点头。女服务员端来了生啤。

"你为什么问这个?"等服务员走后,我问道,"我不认为这和案子有什么关系。"

钉宫真纪子从背包里取出那份材料,放在桌上。

"我想了解仲西秋叶的近况,还想了解她现在如何生活、如何和男人交往。"

"所以我说这和案子没关系……"

她打断了我,朝我举起酒杯。"你做好心理准备了吗?"

"什么?"

"听我说话的心理准备啊。要是想打退堂鼓就趁现在,因为我要说的话是你绝对不想听到的。"

"不想听到的……不,提出想了解案情的人是我。"

"你真的想知道吗?"她说道,"我接下来要说的是,杀害本条丽子的真凶就是仲西秋叶,你的女友。"

20

听到这里,我脑中响起了以前经常看的两小时电视剧的背景音乐,锵锵锵锵。那个夜晚,秋叶第一次跟我说起那起案子时,也曾经谈到那种音乐。

杀害本条丽子的真凶———一年前,我绝对不会想到能在现实生活中听到这句话。我曾经以为这些只是悬疑片中的台词。就算充分了解这句话的意思,还是觉得像在梦里一般,完全没有真实感。

"啤酒。"钉宫真纪子看着我的手。

不知何时,我的手握住了酒杯,而且杯子已经倾斜,白色的泡沫溢出来打湿了手指。我赶忙放下杯子,用纸巾擦干净。

"你看,"钉宫真纪子说道,"你已经想逃了。"

"不是。"我摇了摇头,"我本来就觉得可能会谈到这些。"

"真的吗?"

"当然,但我一直在祈祷你不要说出这些话。"

这番话半真半假。既然杀本条丽子的是她认识的人,而且嫌疑人是仲西家的人,自然而然会想到秋叶。但我尽力避开这个问题。

"我可以继续说吗?"

"请讲。"我喝了一口啤酒,感到口渴难耐。就像她说的,我必须做好心理准备。

"案子发生于十五年前的三月三十一日,地点在东白乐幽静的住宅区,而且还是太阳高照的大白天。"

"这些详细说明就……"

"不详细说明就没有意义了。"钉宫真纪子严厉地说,"你不是想知道全部真相吗?那就闭上嘴好好听我讲。有问题的话可以提问,但我不想听到你对我的说话方式提任何意见。"

她语气尖锐。我被她的气势压倒了,默默点了点头。

她似乎是在调整呼吸,胸口上下起伏。

"神奈川警察局得到一个女人被杀的消息是在下午三点半左右。大约十分钟后,警察就赶去确认尸体。案发现场是仲西达彦的家,被害的是他的秘书本条丽子。她在仲西家的客厅里,胸前插了一把刀,倒在大理石的桌子上,身体呈'大'字形。"

这些我已从秋叶口中听过多次,已经习惯想象那个从没见过的场景了。

"发现她的是那家的女儿仲西秋叶,当年十六岁。当时她在二楼练习吹单簧管,完全没有注意到楼下发生了什么事。但不知怎么,她觉得楼下好像出事了,就走下楼来,结果发现了倒在客厅里的本条丽子。她不记得那之后的事,因为她看到尸体后太过震惊,晕了过去。后来,负责做家务的滨崎妙子购物回来,发现了因看到尸体而晕厥的秋叶,便立刻联络户主仲西达彦。仲西达彦赶回家是在下午三点半左右,回家后立刻向神奈川警察局报警。"

"一口气说完后,她看着我,似乎在问我有没有问题。

"到此为止的事我已经知道了。"

"那除此以外你知道什么?"

我略加考虑后说道:"晕过去的秋叶不知什么时候被放在了自己的床上。还有,本条的挎包被盗,落地窗是开着的——也就是这些了。"

钉宫真纪子满意地点了点头。

"神奈川警察局认为盗窃杀人的可能性很大,就和神奈川县警本部一起展开调查。可很快就碰了壁,因为完全没有任何线索。"

话题终于触及核心,我不由得吞了口唾沫。

"警察进行了大范围的讯问和调查,可目击者一个都没有。你明白吗?一个都没有。事实上这样的情况很罕见,一般来说肯定会有一两个目击证人的。现场四周也不是完全没人,当时离仲西家五十米远的路口就有三个住在附近的主妇在闲聊。她们看到了不少人,可都是她们认识的人。当然,并没有证据证明这些人是无辜的,所以警察就去确认他们的不在场证明,结果都没有疑点。"

"凶手是不是避开了那些主妇?那附近有不少小路,我觉得怎么绕都绕得出去。"

钉宫真纪子的镜片一闪。"你去那附近好好走过吗?"

"没走过。"

"你走一趟就明白了,那条路是个死胡同。你说的那些小路,无论走哪一条,最后都会交汇到同样的路上,那些主妇就是在那个交汇点上。"

我回忆起仲西家附近的道路,也许钉宫真纪子说得没错。

"但凶手不一定会走普通的路啊。他既然会闯入别人的家,逃跑时自然也有可能从别人家的院子穿过去。"

"的确有这个可能,虽然可能性很小。"

"可能性很小?"

"你站在凶手的角度想想啊。为了能安全逃走,肯定要尽早伪装成普通行人。要是鬼鬼祟祟地在别人家的院子里晃,一旦被发现,该怎么找理由呢?"

她说得的确有道理,我沉默了,继续喝啤酒,可喝到嘴里全是苦味。

"我们来说说凶手留下的东西吧。"钉宫真纪子说道。

"你是说那把刀吗?听说是把任何地方都能买到的刀。"

"那是把一般家庭用的西式菜刀,十四厘米长,价格大约一万元,全国各地的百货店都有卖。"

"查到是谁买的了吗?"

钉宫真纪子摇了摇头。"菜刀和小刀不属于枪械刀具管制的对象,这一点真奇怪。但要是买菜刀时需要办各种登记手续,又会觉得头疼。不过我想讨论的不是刀的问题,而是刀上本该有的指纹。你从秋叶那里听到关于指纹的事了吗?"

"这个……"

"指纹被抹掉了。"

"也就是说,这条线索也断了?"

"算是吧。但有一点让警察百思不得其解。"

"哪一点?"

"为什么凶手行凶时不戴手套。"

我恍然大悟，知道她想说什么了。

"同样，房间里各处都有指纹被抹去的痕迹，包括落地窗。但无论是偷窃还是抢劫，凶手一般都会戴手套。"

"可是也有例外吧。"

"当然有例外。比如说计划外的犯罪，也就是冲动性的犯罪。这种情况下不戴手套作案的比较多。"

"那关于这一点就没什么大问题了。"

听我这么说，她探身盯着我说道："你是说凶手是计划外的冲动犯罪吗？"

"不是吗？"

"那凶手为什么会带刀来？那把刀可不是仲西家的。"

我无言以对，切实感到这个女人的的确确针对这起案子钻研了十五年。"那就是凶手有作案打算，所以带了刀，但忘了戴手套。不是这样吗？"

"带了刀却忘记戴手套？那凶手还真是蠢。"

"谁都有粗心的时候嘛。"

"粗心啊。"她一脸怀疑，"就算是凶手粗心好了。那你觉得凶手为什么会盯上仲西家呢？那附近住着不少有钱人，而且其中有几家白天完全没人。"

"五彩夫人……不对，是滨崎妙子女士。凶手碰巧看到她出门，以为仲西家没人，就决定去闯空门。"

"只看到一个人出门，就认定这家没人吗？"

"凶手大概是这样认为的。"

钉宫真纪子使劲摇了摇头。"不可能。凶手应该知道仲西家有人。"

"为什么？"

"你肯定没好好听我说话，才会这么问。当时家里有谁在？"

"本条丽子和秋叶啊。"

"秋叶当时在干吗？"

"在二楼……"说到这里，我倒吸了一口凉气。

看到我的表情，钉宫真纪子满意地点了点头。"对。她在二楼练习吹单簧管。附近的人都听到了，凶手不可能听不到。当然，这些都是在确实有这么一个凶手存在的前提下。"

我握紧酒杯。"凶手可能听到了二楼的单簧管声，于是认定一楼没人。要是凶手作案前调查过仲西家，就有这种可能性了。反过来说，只要二楼的单簧管还在响，凶手就可以放心大胆地偷东西。应该也有这种可能性吧。"

钉宫真纪子笑了。应该说是苦笑。"你脑子转得真快。"

"你在讽刺我吗？"

"不，这是实话。这么短的时间里，一般人是不会想到这么多的。看样子你真的很爱秋叶。"

对钉宫真纪子的话，要是肯定，就显得我像个傻瓜。可我也没有理由否认，只得保持沉默。

"你觉得凶手为什么会从落地窗闯进去？"钉宫真纪子又提了一个问题。

"因为大门锁上了吧。"

"你是说凶手偶然间发现落地窗没锁，就从那里闯进去了？"

"不对吗？"

"那凶手又是怎么知道落地窗没锁呢？仲西家四周都是高墙，从外面看不见那扇朝向院子的落地窗。"

"呃……凶手在找能闯进去的地方,结果发现落地窗没锁。"

"那凶手还真走运。"

我敌不过钉宫真纪子讽刺的口吻,便沉默地喝起了啤酒。

"我们来整理一下说过的内容吧。凶手打算作案,于是来到那个住宅区。当时凶手带了刀,却没想过要戴手套。边物色行窃对象边走到仲西家旁边时,看到滨崎妙子从家里出来了。由于之前了解过仲西家的情况,凶手决定去偷仲西家。二楼传来的音乐声证明仲西家的女儿在二楼,所以凶手以为一楼没有人。凶手钻进院子,很幸运地发现有一扇落地窗没锁,便从那里进了屋子,正当物色要偷什么东西时被本条丽子发现,于是就用刀把本条丽子杀了。之后,凶手擦去刀柄以及碰过的东西上的指纹,拿走了本条丽子的挎包,从落地窗离开了仲西家。可凶手在道路交汇点看到了那几个主妇,便改道穿过别人家的院子逃走了。"一口气说完后,她问我,"有什么想说的吗?"

"没有。的确有很多不自然的地方,但人类的行为本身就没有道理可言。特别是罪犯,用常理去衡量罪犯的行为毫无意义。"

听了我的回答,钉宫真纪子笑了,表情看起来有几分空虚。"关于罪犯行为的不自然就谈到这里。那么被害者呢?"

"本条丽子有什么不自然的行为吗?"

"她是被刺中前胸的,而且是正面刺中。"

我吃了一惊。我从未深入想过这一点。

"你知道我想说什么了吧。年轻女人在家里看到陌生人闯入会有什么反应呢?当然会尖叫,会逃走。但谁都没有听到她的叫声。就算她顾不上尖叫,也应该会逃走。可她被杀了,而且不是从后面,而是从前面。是一击毙命。关于这一点,你有什么想法吗?"

"你是说凶手是本条认识的人……吗?"

"除此之外别无解释。而且是本条丽子相当熟悉的人。即使对方在她正对面,在能用刀刺中她的近处,她都没有防备。这样的人是不会从落地窗闯进来的,完全可以按下门铃、从大门大大方方地进屋。如果凶手从落地窗闯进来,就算再熟,本条也会吃惊,也会警惕。但是,"她接着说道,"凶手并未从大门进来,也没按门铃。有人证实门铃没响。你知道这个人是谁吗?"

"是秋叶?"

"没错。"钉宫真纪子点了点头,"但我觉得这样的证言是她的疏忽。按照她的证言,嫌疑人的范围大幅度缩小。直截了当地说,凶手就算不走大门,忽然出现在房间里,本条丽子也不会有所防备。"

"那就是仲西家的某人……"

"准确地说,是仲西父女和滨崎妙子。但有机会和本条丽子独处的是谁呢?"

我咬着嘴唇,看着仍被我紧握的酒杯。啤酒还剩下约三分之一,可我已完全失去了继续喝的心情。我放下杯子,双手在桌上交握。

"谜团解开时的标志是什么?好像是 QED[①] 吧。我倒没打算做侦探,但你明白我为什么认定秋叶是凶手了吧?如果她是凶手,到目前为止的疑团就都能迎刃而解了。好了,如果你有不同意见,我洗耳恭听。"

---

①拉丁语 quod erat demonstrandum 的缩写,意为证明完毕。

我挠了挠右眉上方，但也挠不出什么好点子，只好说出唯一能想到的一点："这就是所谓的情景证据吧。我明白你为什么怀疑秋叶了，但这些都只是凑巧。你推断凶手是本条认识的人，这一点很有说服力，但也不能排除其他可能性。"

"没错。"钉宫真纪子爽快地承认了，"所以警察无法出手。能称为物证的只有那把刀，但怎么也无法把秋叶和那把刀联系起来。如果一个高中女生去买刀，肯定会给店家留下相当深的印象，可是找不到情况吻合的店。就这样过了十五年。"

"马上就要过诉讼时效了……是吗？"

"但我不会放弃。"她不经意地望向远方，"我姐姐几乎没跟我说起过她和仲西达彦的事，我也不太清楚他们是什么时候发展成情人关系的。但我知道姐姐很苦恼。好不容易等到对方离婚了，对方的前妻却自杀了，姐姐当然会苦恼。而且对方还有个女儿。对于如何和这个女儿相处，我姐姐可能极其烦闷。但是，却发生了那种事……"她像在忍耐什么似的抿紧了嘴唇，然后又目光坚定地看着我说："我是绝对不会放弃的。我会追寻真相，直到最后。"

"所以你去蝶之巢……"

"知道真相的只有他们。我去那里反反复复地跟他们说案子的事，反反复复地问当时的情况。滨崎妙子无法拒绝我，因为我是被害者的亲人，有权利要求他们提供相关信息。我会不断重复下去，哪怕只能发现一点点小破绽，也肯定能追寻到真相。"

钉宫真纪子拿出钱包，把酒钱放到桌上。"你也应该知道真相。但就算我不这么说，你也肯定想知道真相，所以我才对你和盘托出。也许你能解开那起案件的封印。"

"封印？"

"秋叶的心。还用说吗？"说完她站起身，向出口走去。

我并没有站起来，而是凝视着她的背影。

21

我拖着沉重的脚步踏上回家的路。最近要回家时,我总是心情郁闷,但今晚比平常程度更甚。

我本不想回家,想直接去秋叶那里。我想给她打电话,立刻见她。

钉宫真纪子的推理不愧是花费多年构建出来的,严密得没有一丝漏洞,既不牵强附会,也不强词夺理,逻辑性很强。

我也明白了芦原来找我的理由。他的假设应该和钉宫真纪子一样。只有从秋叶那里寻找突破口,只有等她吐露真相。他应该在和我谈过之后确认了这一点。

"也许你能解开那起案件的封印。"这是钉宫真纪子的话。这让我觉得十五年前发生的那起本和我毫无瓜葛的案件忽然成了我的巨大负担。一想到这里,回家的步伐便更加沉重。

我调动全部记忆回想和秋叶交往至今的所有细节,看有没有什么细节能证明她就是那起接近诉讼时效的杀人案的凶手。之前和她见面时,她说自己也被怀疑,但完全没提及她实际上参与了案子。

但她的那句话还是让我非常在意："到了明年四月……准确地说应该是三月三十一日。等过了那天，我也许能跟你多说一些。"她还说过："那天对我来说，是人生最重要的日子。我等那一天已经等了很多年……"

她明显是指案子超过诉讼时效的那一天。

究竟是什么样的人会等一起案子超过诉讼时效呢？不用说肯定是凶手，或者是不希望凶手落网的人。

各种各样的想法浮现在脑海中。还没等理出头绪，我已站在自家门前。我掏出钥匙开了门。

走廊有些昏暗，但客厅里透出了光亮。我走过去一看，有美子正在餐桌旁读书。那是本薄薄的大开本书，看起来既不是单行本也不是杂志。她还戴着耳机，旁边放着便携式 CD 机。

似乎察觉了我的存在，有美子摘下耳机看向我说："你回来啦。真晚啊。"

"因为工作的事跑了一趟横滨。你在干吗？"

"这个吗？我在学英语。"她把摊开的书拿起来，是本英语教材。

"这可真是太阳从西边出来了。你打算出国旅游吗？"我一面问一面暗想，她要是真有这个打算就麻烦了。

她笑着说："我可没那个闲情逸致。这是为了园美学的。"

"园美？你想让她学英语？"

有美子拿起放在桌上的 A4 复印纸。"这是今天幼儿园发的。再过不久，小学就要正式开英语课了。但各方面的消息都说，小学的英语课根本靠不住。"

"为什么？"

"按照学校的现状,英语老师的数量肯定不够。而且小学老师不必取得英语资格证书,也就是说,他们连培训英语老师的体系都没有。这样一来,园美根本不可能受到完善的英语教育。老师的好坏很大程度上决定了学生的成绩呢。"

"所以你打算自己教园美?"

"没错。其他的妈妈也都想在小孩上小学前让他们熟悉英语。倒也不是非得让小孩马上开始学英语不可,重要的是先让他们对英语感兴趣。"

"所以你就把以前买的英语会话教材翻出来自学?"

我对有美子正在看的教材有印象。那时我们刚结婚,在去夏威夷旅游前,我们觉得一句英语都不会,出国旅游可能会碰上麻烦,便一时冲动买了本教材,结果学了不到一个星期就放弃了。

"目的是让孩子对英语感兴趣。要是她看到妈妈在学,可能就会觉得英语很有趣。"

"哦。"

"对了,你吃饭了吗?有奶汁烤虾仁。"

又是园美喜欢吃的东西。

"在外面吃了点。我先去泡澡了。饿了的话我会自己随便吃点的。"

"那也行,吃完记得把碗放进水槽。"

"嗯,知道了。"

我去卧室脱下衣服,随即进了浴室。浴缸里的水有些凉了,我一面继续烧水一面泡进去,让水没过肩膀。

我再次体会到有美子是个好母亲。她每天考虑的都是女儿,满脑子都是要如何抚养园美,要让园美受什么教育。

当然，作为园美的父亲，我是很感激的。如果把园美交给有美子，园美应该会幸福的。

但我这种不满足的情绪又源自哪里呢？这种空虚又从何而来呢？不知为什么，一想到一辈子都要过这种生活，我就觉得连呼吸都沉重起来了。

说到底，我还是在追求所谓的女人。有美子是个好妈妈，对园美来说，她是最好的妈妈。但她已不是我的心上人，我也已不想和她做爱。现在，这个和我一起生活的人已不是以前那个我爱的女人了。

但这个世上大多数已婚男人应该也和我一样。就算知道无法和以前一样相爱，也还是打定主意就这样度过一生，做一辈子好丈夫和好父亲。

要是能这样想，人生可能也会轻松不少。我快四十岁了，以平均寿命来说，我已开始走下坡路，已不是可以执着于恋爱的年龄了。我已经到了必须放弃那些事的时候。

如果秋叶真的是凶手——基于这个假设的空想越来越大。

诉讼时效很快就要到了，但也许在那之前，她就会被逮捕。要是警察使出强硬手段，证明她的罪行也并非完全不可能。

若真到了那一步，就无计可施了。我没有选择，因为我不可能追到监狱去。

但如果就这样过了诉讼时效会怎样呢？换句话说，如果案子就这样在不明真相中超过诉讼时效，我该怎么做？

我能和也许在十五年前杀过人的女人顺利交往吗？

只要我能一直相信秋叶，就不会有什么大问题。但我自己过不了这一关。我想相信她，这一点毫无改变，但心里已经有了怀疑的萌芽。如果隐藏这种苦闷的想法，继续和她在一起，我们两人都不会幸福。

那么要尽力弄清真相吗？我现在还不知道有什么方法。就算知道方法，我又能怎么做呢？

若她不是凶手，那当然没有任何问题。但如果她正是凶手，我该怎么办？如果在得知她是凶手时已经过了诉讼时效，又该怎么办？她将不会受到制裁，也不会有警察来抓她。

那样我还能继续爱她吗？

22

第二天一大早,我就头痛,大概是泡澡后喝了劣质葡萄酒的缘故。那时我思前想后,久久无法入睡,所以选择了葡萄酒。酒精并未给我带来安眠。我上床后仍很兴奋,还没弄清自己是否睡着,就已经是早晨了。

"真稀奇,你居然会一个人喝红酒。"有美子一面收拾空酒瓶一面说道。

"不知为什么,就是想喝了。"

"哦。"她一脸不可思议地抬起了下巴,"你最近有点奇怪啊。"

我吃了一惊,血压顿时升高。"哪里奇怪?"

"脸色不太好。是累的吗?工作很辛苦吧。"

升高的血压又一下子降了下去。冷汗也退了。"有点累。"我抹了抹脸说道。

"不要太勉强。你也不年轻了。但就算这么说,你也不能旷工吧?"

"我会在上班路上买点提神的饮料。"

我摸了摸刚起床的园美的头,离开了家。在车站附近的便利店,我真的买了一瓶提神饮料,但喝了依然头痛。

我闷闷地来到公司。到了座位上,我看了秋叶一眼,她正在和其他女职员聊天。似乎注意到了我的视线,她也看了我一眼。我们目光交汇。

她在公司时是戴眼镜的,透过镜片,她传来了信号:"早上好,今天我也会关注你。"

"我也一样。"我默默地回应,心里抱着一丝内疚。

我一面机械地工作,一面继续考虑接下来要怎么做,以及什么对我来说最重要,什么应该放在第一位。我对有美子和园美是有责任的,同时也必须珍惜秋叶。我不想伤害她们任何一个人,但没有两全其美的办法。

时间流逝,我还是没想出答案。因为昨天的事故,我必须再次赶往横滨。我做好从横滨直接回家的准备,离开了公司。

幸好,事故顺利解决了,客户也没有发火。完成了若干手续后,我看了看表,才五点半。

我忽然有了一个想法。不管怎样,先把眼前的问题解决掉。我想先消除心中的烦恼和犹豫。

我用手机给秋叶发短信:"我在横滨。一会儿能见面吗?"

五分钟后,秋叶回复道:"我刚下班。在哪里见面?"

我立刻回复:"我在中华街入口附近。"

大约过了四十分钟,我们碰面了。秋叶的嘴唇颜色和早上不一样,可能是又回公司补了次妆。

我们到一家常去的饭店吃了中国菜,喝了绍兴酒。秋叶说起了田口真穗。田口最近有了男友，对方离过一次婚，还有小孩。

"好像是个上小学一年级的男孩子。田口说她前两天第一次和那个孩子见面。"

"她打算和那人结婚吗？"

"她说有这个打算。为了讨好那个孩子，她特意买了游戏软件带去呢。"

"继母难做啊。"

"她给那个孩子做饭，看样子是成功让那个孩子觉得她会是个好妈妈了。但孩子还是想亲妈妈，吃饭时还跟父亲说起亲妈妈的事。"

上小学一年级，那就和园美差不多大。如果妈妈没去世，孩子肯定还是想让妈妈回来。

本来我可以趁机换成我们的话题，问秋叶："那你怎么样？你觉得能和我女儿好好相处吗？"

但我没说出口。我在元町公园提起离婚时，秋叶哭着表示反对。这不会是个轻松的话题。

而且我还有其他事情必须要和她谈。我决定先跟她说我和钉宫真纪子见面一事。只要我这么说，聪明的秋叶一定会明白我从钉宫真纪子那里听说了什么。我希望她能反驳。

今晚，秋叶话格外多，而且有不少有趣的话题，这让桌上的菜肴比平时更加美味。我很久都没有体会到约会的乐趣了，自然也就没有机会去谈沉重的话题。

吃过饭，我们在中华街散步。看到一家卖外国民间工艺品的店，我们进去转了转。秋叶拿起了一根雨棒。那是用竹子编成的，里面装了细沙，一倾斜就会发出下雨一样的声音。

"就像在印度尼西亚的森林里一样。"秋叶说着闭上了眼睛,让雨棒倾斜,"我们去森林采果子,忽然下起雨来,于是我们逃到一棵大树下躲雨,一直等到雨停。"

"我们?"

"我和你哦。"秋叶闭着眼睛说。

"我们没带伞吗?"

"不需要伞。雨不会永远下,总会停,就算淋湿了也没关系。"

"淋湿了很冷的。"

"不会冷的。"她睁开了眼睛,直直地看着我,"两个人牵手怎么会冷呢?我们一面感受彼此的体温一面等雨停。"

"雨总会停……吗?"

"你也闭上眼睛。"

我闭上眼睛,脑海中浮现出森林的样子,秋叶在我身旁。

然后下起了雨,细细的雨丝淋湿了我们。我伸出手碰到了秋叶的手指,两只手紧紧相握。

23

时间转瞬即逝。等我回过神来时,我们已经在情人旅馆里紧紧相拥。我还是第一次和秋叶来这种地方。

"已经很多年没有来过情人旅馆了啊。"我说。

"真的?"

"真的。我干吗要跟你说谎。"

"以前跟谁一起来的?"她一脸恶作剧般的表情盯着我。

"那个……和那时的女友……"

"你太太?"

我沉默了,秋叶似乎认为我已默认。

"这样啊。"她起身下床,捡起扔在旁边的浴巾裹在身上,打开冰箱。里面放着收费饮料。"想喝点什么吗?"她问道。

"可乐。"

"这么说,"她打开罐装可乐的拉环,坐到床边,把手搭在我的胳膊上,"在遇到我之前,你没有出过轨?"

"当然了,我没跟你说过吗?"

"哦。"她应了一声,喝了口可乐,然后把罐子递给我,"为什么?"

"嗯?"

"为什么遇到我你就出轨了?"

我沉默着接过罐子,尽可能慢地喝了几口。"我也不知道,顺水推舟吧。"

"不知不觉就被推到现在?"

"不是,对我来说这是很自然的过程。我自己也不太清楚,只是按照心情行动,不知怎么就变成这样了。"

"你不觉得你做了不能做的事吗?"

"这个……我当然觉得。"

"但你还是做了。你一贯行事谨慎,究竟是什么让你做出这种事?"

"我说,秋叶,你怎么了?今晚有点奇怪啊。为什么总问这种问题?"

她倒在我的身上,把脸埋进我怀里。"你还记得在元町公园的事吗?"

"……当然记得。"

"那时弄得乱七八糟的,真对不起。"

"没关系。"我坐起来,稍微和她拉开距离。她把脸埋在我怀里,那让我实在冷静不下来。如果继续下去,我生怕被她发现我的心跳都乱了。

"那之后,我一个人想了很多,始终忘不了你的话。我本打算只和你保持现在的关系,但听你那么一说,我真的犹豫了。"

"那时我说话没经过大脑,我道歉。"我只能低头认错。

她哧哧地笑了。"我没打算翻旧账,你别摆出那种表情。我重新想了想,觉得你绝没说什么过分的话。的确,你的话刺激了一直辛苦忍耐的我,但你并非出于恶意。你也在认真考虑我们两人的未来吧?我认为这只是一场梦,可你不想把我们的关系就终结在梦中。我是不是可以相信你呢?"

"你的意思是……"

"我在等。"

"嗯?"我不由得发出了声音。

她盯着我道:"我知道事情不会那么简单,也知道会持续很长时间,但我决定等下去。我相信你的话。你说宁可抛弃家庭也要选择我,我相信那不是谎话。"

我又一次无言以对。秋叶的话是我想都没想过的。我握着床单一角,茫然无语。

"你怎么了?"秋叶疑惑地歪了歪头,"我说得有什么不对吗?"

"哦,没什么。"我赶紧摇头,"你说得都对。只是你的态度忽然一百八十度大转弯,我一时有点回不过神。"

"所以我说我想了很多嘛。"秋叶握着我的手,"雨棒。"

"和雨棒有什么关系?"

"我不是说了吗?只要两人牵着手,无论下多么冰冷的雨都不会冷。只要有彼此的温暖,就能一直等到雨停。雨总会停。从今以后,各种辛苦就会像漫长的雨,但只要和你在一起,我就能忍耐。"

我终于明白在中华街那家民间工艺品店里,秋叶为什么热衷摆弄那根雨棒。她是在确认自己的决心。

"你能牵我的手吗?"秋叶问道。她眼里罕见地透出撒娇的神色,但目光深处潜藏着仿佛背靠悬崖绝壁般孤注一掷的光芒。

我无法拒绝,把她拉向我,她随即扑进我怀里。"当然了。"我说。

结果我完全没问案子的事,就这样和秋叶告别。在回家的出租车里,我多次扪心自问。

我真的爱秋叶吗?

如果我爱她,就应该相信她。

即使十五年前她真的是凶手,如果我爱她,就应该做好和她一起赎罪的心理准备。就算即将超过诉讼时效,她的伤痕也应该没有消失,治愈她的伤口难道不是爱人的责任吗?

"从今以后,各种辛苦就会像漫长的雨,但只要和你在一起,我就能忍耐。"秋叶的话渗入了我的内心。这句话的确感动了我,但我不能否定,在感动之余,这句话也狠狠地刺痛了我内心埋藏的狡猾。

24

　　我一到公司，就在电梯里碰见了秋叶。电梯里还有其他人，我们不能像独处时那样说话，连互相注视都不行。即使如此，我还是从人缝里偷偷瞥了秋叶一眼。就那么一眼，我和秋叶目光相遇了。她连着眨了好几下眼，就像在确认之前的宣言。

　　"这周六就到日子了啊，糟了，我还什么都没准备呢。"旁边的男职员说道。他正在和同事交谈。

　　"买点发光的玩意儿好了。"同事说道。

　　"发光的玩意儿……你是说贵金属？可这个月有点囊中羞涩啊。"

　　我明白了，他们在说白色情人节。那一瞬间，我又和秋叶四目相视。她的目光透过镜片露出一丝笑意。看起来她也听到了。

　　"你有什么想法吗？"秋叶的眼神似乎在这么问。

　　来到座位上后，我仍无法安下心来。我感到秋叶的态度和以往相比有了微妙的差别。看样子她也想通了不少事。

　　快到午休时，有个外线电话打了进来。我拿起话筒。

"是渡部先生吧？好久不见了。"对方说道。听起来是个年长的男人。

"呃，您是……"

"你可能不记得我了，我是仲西。"

花了几秒，这个姓氏才浮现在我脑海里。我不禁"啊"了一声。

"我是仲西秋叶的父亲。我们在我家门前见过面。"

我大气都不敢出，转过头看了一眼秋叶。她正对着电脑工作，并没注意到我。

"喂？"

"啊，是的。那个，我当然记得了。那个时候……那个时候失礼了。"我紧张得语无伦次。

"很抱歉忽然打电话给你。你现在方便说话吗？要是不方便，我换个时间打过来。"

"不用，没关系。"我掩住嘴，两肘撑在桌上，"请问您有什么事吗？"

"嗯，我有点事想跟你面谈。不，应该说是有点事想问你。总之，你能和我见个面吗？"

我的心剧烈地跳动起来。对于恋爱中的男人来说，和女朋友的父亲见面是避之唯恐不及的状况之一，更何况我还是婚外情。

也许秋叶的父亲会提出让我和他女儿分手。

"我知道了，任何时间、任何地点都可以。"

"哦。我现在在东京站。要是有可能，想趁午休时间和你见个面。我会到你们公司附近。当然，要是你不方便，我们就改日再约。"

敌人看样子想潜入我的阵地。他可能是故意让我措手不及，以便问出真话。但我不能逃。"明白了。"我答道,"在箱崎有家宾馆,我们在那家宾馆的大厅见面可以吗？"

"箱崎？好的。"

确认了时间和地点后,我挂了电话。心跳总算放缓了一些,可体温又有些升高。秋叶还是一如既往地埋头工作。该不该告诉她呢？我考虑片刻,决定暂时不告诉她,先去听听她父亲到底要说什么。

到了午休时间,我离开公司,乘出租车赶往箱崎的宾馆。一路上,我想象仲西先生会用什么话来骂我,在头脑中一遍遍地模拟被骂的场景,让自己不要退缩。但从通话内容来看,他似乎不是专程赶来向我发泄怒气的。

约定的地点是宾馆一楼的咖啡厅。我一进去,一个坐在窗边的男人就站起来点头示意。那人前额宽广,白发梳得整整齐齐,鼻梁挺拔。

"很抱歉,百忙之中打扰了。"他语气平和。

"没关系。"我说完坐下,点了咖啡。

"听说你从事照明工程方面的工作？"仲西先生问道。

"是的。"

他点了点头,接着说道："和光打交道的工作是寄托了梦想的。利用光能做很多东西,而且光本身没有体积,比任何东西都干净。"

他说得很有趣,我不由得放松了紧绷的表情。不愧是大学的客座教授,能说会道。

"听说你因为工作经常去横滨？"

应该是从秋叶那里听来的。我没有否认。

"还听说你在工作之余,有时会到我妻子的妹妹开的店里喝两杯。"

妻子的妹妹——听他这么一说，我一时没有反应过来。看看他平静的表情，我忽然明白他说的是滨崎妙子。

"您是说蝶之巢吗？我也不是经常去。"

"以后有空时就去坐坐吧。那里生意不太好，妹妹正着急呢。本来她就不太擅长做服务业。"

"哦……"

他应该不是为了说这种话而专程把我叫出来。不知他想何时切入正题，我做好了准备。

"钉宫真纪子。"仲西先生说，"你和钉宫真纪子见过面吗？"

我没想到他会忽然说出这个名字，有点惊慌失措，感觉像是被人在意想不到的地方打了一拳。

"您怎么会知道……"

他脸上浮现出略带羞涩的苦笑。"我和蝶之巢的调酒师有多年的交情。他把那天你去蝶之巢的事告诉我了。跟其他人说客人的事情本不合规矩，但请你原谅他。他只是担心我们，绝不是偷听或跟踪。"

我想起和钉宫真纪子在蝶之巢见面的场景。的确，当时调酒师似乎很在意我们。

"你和她谈过吗？"仲西先生问道，苦笑已经消失，眼神严肃认真。

我犹豫了。要想和他深入交谈只能趁现在，于是我答道："谈过了。"

"我大致能猜到她跟你说了些什么。"见我没有说话，他继续说道，"渡部先生，你也是理科出身，应该明白事情必须从多方面立体去看。只从一个方面看是弄不清真相的。钉宫真纪子的话对你来说是宝贵的信息，但那只是一个方面，其他方面的信息也不可忽视。"

"您的意思是……"

"我愿意给你提供其他方面的信息。"

我喝了一口咖啡，比预想的要烫，我差点龇牙咧嘴。不能让他看到我的狼狈，我只好拼命忍住，轻轻咳嗽了一声，看着他说道："您说其他方面的信息，是指连钉宫真纪子都不知道的真相吗？"

他微微歪了歪头。"也可以这么说，但更准确地说，钉宫真纪子对一个重要问题有误会。"

"误会……"

"没错。也可以说她有种固执的偏见。"

"是什么问题？"

"钉宫真纪子对那起案子做了很有逻辑的分析吧？"

我不太明白问题的用意，但还是点了点头。"是啊……虽然我无法全盘接受。"

"关于杀人动机，她是怎么说的？"

我吃惊地半张着嘴。"动机？"

"我刚才说过，我大致能猜到她跟你说了什么。那起案子不是盗窃杀人而是内部作案，而且凶手还是和本条相当亲近的人。她是这么说的吧？"

我没有点头，只是又喝了一口咖啡。

"就算她说的那个人是真正的凶手好了，她是怎么解释动机问题的？"

"这个……这个她没有详细说明。"

"你没问吗？"

"没有特意问。"

"你对这一点不怀疑吗？"

"那倒不是……"

"那为什么没问呢？我认为动机是非常重要的问题。"

"为什么没问……"我喃喃自语。

仲西先生双手放在桌上，十指交握。"你想当然地认为动机就是对那个逼走母亲、夺走父亲的女人的恨吧？"

他简直就像看透了我一般。我急忙说："不，我没这么想……"

他笑着摇了摇头。"你不用糊弄我。警察……至少芦原认为动机就是我刚才说的。你知道芦原吧？"

"嗯。"我答道。看样子他已经什么都知道了。

"芦原还抓着我妻子自杀一事不放。他认为那是导火索，点燃了女儿受伤心灵的怒火，于是女儿就刺死了父亲的情人。他编了这么一个故事。你可能也听过类似的话吧？"

"倒没这么详细……"

"哦。但那个刑警并没有仅凭想象胡编乱造。渡部先生，事到如今遮掩也没用了，老实跟你说，我和本条之间的确不只是单纯的工作关系。秋叶应该无法完全接受我和妻子离婚，因此她对我和本条的关系不可能无动于衷。但是，渡部先生，秋叶并不是轻率的孩子。就算再无法释怀，她也不会去恨一个错误的对象。"

"错误的对象？"

仲西先生深吸一口气，宽厚的胸膛起伏明显。"恐怕你也误解了。我在这里明说，我和秋叶母亲离婚与本条丽子毫无关系。我和她之间的特殊关系是在和妻子分居之后才有的。"

这番话让我震惊得连连眨眼。他说得没错，我想当然地认为他们离婚的原因是本条丽子。"您说的是真的吗？"我知道这么问很无礼，但还是想确认一下。

他坚定地点了点头。"我可以发誓，我说的都是真话。我们离婚另有原因，而且双方都同意，可以说是和平分手。证据就是我妻子的妹妹。如果我们夫妻俩是大吵一架分手的，妹妹就不可能到我家帮忙。"

"哦……"的确如此。

"你明白了吧？我和本条的关系更近一步时，我虽然还没有正式离婚，可已经和妻子关系破裂。秋叶根本不可能恨本条恨到想杀她的地步。所以我说她是错误的对象。"

"如果是这样，那的确是错误的对象。"

"据我所知，秋叶那时总算习惯了新的人际关系，也努力想和本条好好相处。作为她的父亲，这一点我可以保证。"

"但秋叶的母亲为什么会自杀呢？要是和平分手，正式离婚应该不会成为自杀的导火索啊。"

听我这么说，仲西先生不由得缩回了身子，把脸转向一旁。这是我第一次见到他狼狈的表情。

"不错。离婚和自杀没有本质关系。呃，你知道我妻子有抑郁症吧……"

"听秋叶说过。"

他点点头。"婚姻生活对我和妻子都是负担。对她来说，可能是抑郁症的影响太大了。其实是她先提出离婚的，这一点我一直没跟任何人说过。她想离婚的原因是她觉得要履行妻子和母亲的义务实在痛苦。要是我对于抑郁症有些了解，也许能想出其他解决办法，可那时我一无所知。我觉得分开对我们俩都好。但分居后，她的症状似乎恶化了，结果便是自杀。我不敢说正式提出离婚申请对她完全没有影响，但本质上并无关系。"

"但芦原和钉宫真纪子都认为您太太的自杀导致了这起案件。"

仲西先生摇了摇头，又摆了摆手道："所以我说他们只是想当然。母亲的死的确给秋叶带来了很大的打击。她很爱母亲，在我们分居后还经常一个人去见母亲。但你要我说几次都可以，秋叶绝对不可能恨本条。"

"你跟警察说过这些吗？"

"当然说过，我跟警察说过我和本条开始交往的时间，但他们不信。他们想当然地认为是我的婚外情导致了离婚。只有这样，他们那个内部作案的剧本才能顺利写下去。案子很快就要过诉讼时效了，警方仍认定是内部作案。我认为他们的固执是凶手至今尚未归案的最大原因。"

我沉默了。的确，仲西先生提供的信息大大改变了我迄今为止对案件的看法。不，与其说是改变，不如说是把我弄得莫名其妙了。

"你还有什么想问的吗？"他盯着我问道。

"现在暂时没有什么了。我需要一点时间来想一想。"

他点了点头，从西装口袋里掏出名片夹，取出一张放到桌上。"有事请跟我联络，我会尽可能赶来。"

我拿起名片，上面的头衔是经营顾问。我脑中忽然浮现出一个无关紧要的疑问：他可能还有好几种名片吧。

"最后我能再问你一个问题吗？"仲西先生说道。

"您请说。"

他略一犹豫,开口问道:"你今后打算怎么处理和秋叶的关系?"

就像被人当头浇下一盆冷水,我全身的神经都清醒过来,随即头脑发热,思维开始混乱。

"你果然只是想和她玩玩吧?"

"不是,那个……不是的。"我摇头,"我没有那个意思。我正在很认真地考虑我们的将来。"

"将来?"

"我想我们将来是不是可以在一起。我想了很多,也告诉过她。"

仲西先生面露困惑地问道:"那秋叶说了什么?"

"她说她相信我,会等我。"

"那孩子这么说了?"

"是的。"

"哦。"他看上去有些意外,随即强颜欢笑,"那孩子也三十多岁了,我这个当爸爸的还在这里嚼舌根,也太奇怪了。我们就谈到这里吧,很感谢你能抽出时间见我。"

他拿过账单站起身来。我赶忙掏出钱包,可他已走到收款台前。

25

和仲西先生见面两天后,我收到了秋叶发来的短信:"关于这周六的安排,我有话要跟你谈,今晚有时间吗?"

我立刻回复:"那六点半在水天宫的书店见面吧。"

发完短信,我忽然觉得很怀念,因为那个书店是我们第一次约定的见面地点。不久,我收到了秋叶的回信:"知道了,是那家书店吧。"我瞥了秋叶一眼,她眨了眨眼睛。

幸好今天没有突如其来的工作,不用加班。到了下班时间,我急匆匆地离开了公司。要是一磨蹭被谁逮到可就麻烦了。

一到书店,我就看到站在杂志柜台前翻阅杂志的秋叶。还没等我开口,她就抬起了头,露出微笑。

"我以为我会先到的。"

"今天我提前结束了工作,在洗手间里一面补妆一面等下班铃响。"秋叶吐了吐舌头。

"你不忙吗?"

"现在不怎么忙了。我就快走了,上司也不怎么派给我费时间的工作了。"

"你要走?"

"我的合同这个月底就到期了。"

"……这样啊。"

已经到这个时候了啊,我不由得感慨。这半年实在太快了。

我们去了书店二楼的咖啡厅。秋叶说想喝啤酒,我便陪她一起喝。

"等你顺利结束工作时,我们再来干杯吧。"我和她碰杯。

"嗯,但还是先说说这周末的事吧。"秋叶表情有些为难,看样子不太好说出口。

我放下杯子,点了点头。"我也很在意白色情人节。那一天我想让你过得快乐。"

我想秋叶肯定会劝我不要勉强。平安夜、新年、情人节的记忆一件一件在我脑中复苏。每一次她都努力不给我添麻烦,不让我为难。

可秋叶接下来的话令我大为意外:"要是可以,那一天我也想和你一起过,才会发短信给你。我想问问你的打算。"

我半天没回过神来,拿着杯子僵住了。

"怎么了?"秋叶惊讶地问道。

"没有,那个,我也想为你做些事情。但真是对不起,最近工作太忙,我还没详细考虑过,也没有预约餐厅……"

秋叶摇了摇头。"一直以来你都尽力了。平安夜,还有情人节,我这辈子都不会忘记的。所以这次由我来准备。"

"你?怎么准备?"

"也没什么特别的,我预约了宾馆。"

"宾馆？哪里的？"

"横滨的……"

她说的是一家有名的古典宾馆。那里的酒吧名气很大，有位著名歌手的歌里还提到那个酒吧。那是首讲婚外情的歌。

"你真行啊，居然能预约到那里，而且还是在白色情人节。"

"还是费了一番周折的。但只要努力，总会有办法。"

"我完全没想到你会这么做。"

"偶尔这么做也不错啊。"秋叶抬眼盯着我，继续说道，"周六你没问题吧？"

"当然没问题。"我笑着答道，语气里充满自信，内心却涌上些许焦躁。

我觉得自己真是个既狡猾又软弱的男人。既然决定白色情人节要和秋叶一起过，就该对可能出现的危险做好心理准备。可秋叶一提出如此计划，我就畏缩了。

无论是平安夜还是情人节，我在心理上都放弃了和秋叶见面。我始终处于认为"见不了面是理所当然"的轻松状态。正因如此，我们才能实现秘密约会。可这次情况不一样了，我不由得焦躁起来。

"你在想家里的事吗？"秋叶问道。

"不是，我在想礼物的事。我还没准备呢。"

"我不需要什么礼物，只要能和你在一起，我就满足了。"

秋叶毫不掩饰的话彰显出她不寻常的决心。同时我发现，我已有了些许退缩的念头。

"昨晚父亲打电话来了。"秋叶说道。

我吃了一惊，看向她。"你父亲？"

"你前几天见过他,为什么不告诉我?"

"因为……总觉得有点说不出口。"我完全没料到会由她提起这个话题,有点慌了手脚。

"你跟我父亲说过吧?说你在考虑我们的将来。"

"哦,是说了。"

"我很高兴。"秋叶低下头,用迷人的目光瞥了我一眼。

"你父亲说什么了?"

她摇了摇头。"什么都没说。父亲绝对不会对我的事指手画脚的。"

"哦……"原来还有这样的父亲,明知女儿做了第三者,却毫不干涉。"你父亲还说什么了?"我继续问道。

"就说了这个。我们谈话时间很短。你为什么这么问?"

我犹豫片刻,还是开了口:"秋叶,你知道钉宫真纪子吗?"

她原本柔和的表情忽然变得很严厉,眼角的阴影也浓郁起来。"本条丽子的妹妹,你为什么会知道她?"

"我一个人去蝶之巢喝酒时偶然遇见的。我从她那里听到了很多事。说实话,不是什么愉快的事。"

"是吗?"秋叶喃喃道。她面无表情,看样子已经猜到钉宫真纪子跟我说了什么。

"你父亲知道这件事后就来找我,说是有事想跟我说明。"

"说明?"

"他说钉宫真纪子和芦原的怀疑都不对,他们认定的凶手并没有杀害本条丽子的动机。他是在和太太分居后才和本条丽子交往的,所以本条丽子并不是他和太太离婚的原因。"

"父亲跟你说了这些……"秋叶的目光落到杯中剩下的啤酒上。

"你以前跟我说过,警察怀疑两个有杀人动机的人,动机就是失去所爱之人后施行的报复。你还记得吗?"

"在元町公园时说的。"秋叶意味深长地笑了,"当然记得。"

"你的话和你父亲的话是矛盾的,究竟哪个才是真的呢?"

"谁知道呢。"

"喂,我在问你呢。"

秋叶把剩下的啤酒一饮而尽,托着腮看着我,就像在看珍禽异兽。"你知道了打算怎么办呢?"

"这个……"

"你为什么想知道我有没有杀本条丽子的动机呢?"

"那是因为……"我无言以对。

"要是没有动机,你就可以安心了;要是有,你就会怀疑我,是吗?"

"不是的,我不会怀疑你。"

"那你为什么要问这个?无论我有没有动机,都和你无关,不是吗?"

这下我真的无话可说了。她说得没错。要是我相信她,她有没有杀人动机对我来说都毫无意义。

我觉得很不舒服,想喝口啤酒,却发现酒杯已空了。

"再点一杯吗?"

"不,不用了。"我低下头。

"有一点我得跟你说明白,"秋叶说道,"本条丽子成为父亲的情人是在我父母分居后,这千真万确。"

我抬起头。"你父亲也是这么说的。"

秋叶点了点头。"父亲说的是实话,我可以保证。我父母的关系破裂时,父亲和本条之间还没有特殊关系。那时他们还只是雇主和秘书。"

我不禁纳闷她为什么可以如此肯定。她父亲和本条之间的事难道不是只有当事人才清楚吗?但我没问出口。

"你怎么看那起案子?"我小心翼翼地问道,"你觉得凶手是谁?还是说,是盗窃杀人?"

秋叶歪着头,拢了拢头发。"我也不知道。你不是和钉宫真纪子谈过吗?那她一定告诉你盗窃杀人的可能性很低了吧。"

"她关于这个部分的说明相当有说服力。"

"你一碰上有逻辑的推理就没辙呢。但我觉得,要是无论什么都用逻辑去推理说明,这个世界就太没意思了。总而言之,再过两个多星期,这件事就可以画上句号了。"

"你以前也说过,到了三月三十一日那天,你会跟我多说一些。你没有改变主意吧?"

她略一犹豫,"嗯"了一声。

"那么在那天前我就什么都不想了。"这话也是我说给自己听的,"我还有很多必须想的事情呢。"

"你是说白色情人节吗?"

"算是吧。"

"星期六要是个晴天就好了。"秋叶说,"那天也就只有天气还好。"

"那天?"

"十五年前的三月三十一日。那是个大晴天,所以我开着窗户吹单簧管。要是我没吹就好了。"

"为什么这么说?"

我这么一问,秋叶露出忽然回过神来般的表情。"这个我到时也会说的。你还是先考虑星期六的事吧。还有,有一点我得事先说明,我不会再有所顾忌了。"

"顾忌什么?"

"你的家庭。你想办法处理好家里的事。我现在认为你是我的男人了。"

26

新谷正在搅碎酱油里的芥末,听到这里,他阴下脸,皱起眉严肃地看着我道:"你真想这么做?"

"真的,所以才头疼啊。"

"喂,喂。"新谷说着喝了一大口生啤,用手背抹了抹嘴角,拳头在桌子上敲得砰砰响,"我说渡部啊,我以前是怎么跟你说的?不是告诉你平安夜以后就悬崖勒马吗?"

"我知道。"

"不只如此,我还忠告过你,让你新年和情人节时收敛一下。婚外情就得这样。你没忘吧?"

"情况有变化了。"

"什么变化?"

我无言以对。现在的情况很难解释。

"婚外情是见不得人的,但如果不是婚外情,就没问题了。"考虑片刻,我答道。

新谷立刻一脸不满。"什么意思？我不明白，你要和她分手吗？"

"如果你说的'她'是指我现在的女友，那很遗憾，不是的。"

我的回答让新谷皱起眉头。他歪了歪头，略加思考，蓦然睁大了眼睛道："你该不会是想和你老婆……"

"没错。"我看着他的眼睛点了点头。

"不行！"新谷像是要挥走什么似的摇着左手，"绝对不能离婚！看样子我的忠告你完全没听进去啊。婚外情的确身不由己，可以后的事情你必须考虑清楚。我不是告诉你这世上不存在什么姻缘的红线吗？我不知道你为什么会走到这一步，但你千万不能想离婚。你适可而止吧。"

他的气势像是要吹跑啤酒上的气泡。我冷静下来，想要确认自己还没有迷失。

"和老婆离婚，然后和第三者结婚并幸福地生活，这样的男人应该也有吧。"

"那是例外。"新谷立刻回答，"你的想法从根本上就是错的。离婚不是那么容易的事。你觉得你老婆在知道你爱上别人后，会大大方方地说一句'哦，知道了'，然后就在离婚协议书上盖章吗？还是说你老婆同意离婚了？"

"这倒不是，我还什么都没跟她说。"

"那你的婚外情被发现了吗？"

"这就不知道了，但我觉得还没暴露。"

新谷闻言安心地点了点头。"最好是这样。听好了渡部，女人拼了命也会守护现有的生活。如果生活安定，她们就不会放手。她们绝对不会因老公爱上别人就轻易放弃现有的一切。如果争吵延续不

205

断,肯定两败俱伤。结果不但离不了婚,美满的家庭也一去不复返了。剩下的只有每天的痛苦。我不会害你的,你好好想想吧。"

听新谷说得这么真切,我不禁怀疑他是不是有类似的经历。

"女人难道不会觉得与其每天痛苦,不如干脆离婚更痛快吗?"

"不会的。你根本就不了解什么是妻子。她们不同意离婚并不仅仅是为了维持安定的生活,而是无法忍受只有老公找到幸福。为了阻止这种情况发生,即使痛苦度日也可以忍受。"

新谷一口气说完,借着势头把啤酒喝干,随即冲店员喊:"再来一扎生啤!"

我一面吃酱菜一面慢慢喝啤酒。新谷的话我完全能理解。我也不认为有美子会干脆地同意离婚。一旦提出离婚,等待我的也许将是漫长而痛苦的时光。但我实在无法忍受完全没有目的地和秋叶交往。看到她痛苦,我也觉得痛苦。与其这样,还不如自己也选择一条痛苦的道路。

啤酒送来了。在喝之前,新谷把酒杯抵在额上,似乎想让头脑冷静一下。"那你打算怎么办?"

"什么?"

"白色情人节啊。你不是打算离婚吗,不是打算跟老婆坦白你在外头有女人?既然如此,干吗还找我帮你打掩护?这不是矛盾吗?"

"我想过一阵子再跟老婆摊牌。但我已经跟秋叶约好一起过白色情人节,所以想找个能从家里出来的借口。老实说,最好是个不太自然、可能会被怀疑的借口。现在和平安夜时不一样了,没必要像那次一样天衣无缝。"

新谷一脸惊讶,把额前的头发向上捋了捋。我发现他的发际线旁有点秃了。"你跟她说过你想离婚吗?"

我点了点头。"说过了。"

"她很高兴吗?"

"开始时很犹豫,还让我不要想这种事。但现在很高兴。"

"肯定的。女人就是这样。是你解开了她的心结。做好心理准备吧,以后她脸皮会越来越厚。到现在为止,她都忍耐着看你回到老婆身边,以后就不一定了。"

"不会吧?"

"就是这样的。但现在跟你说这些也没用。没有切身体会,你不会明白。大家都一样。"他的语气和刚才相比平静了很多,似乎已经放弃了。"然后呢?白色情人节你跟她约在几点?"他看着我问道。

27

三月十四日对于有家室的人来说并不是什么特别的日子。我和往常的周六一样睡到中午,起来后一个人了吃了点吐司,喝了点咖啡,算是填了肚子。有美子肯定带着园美去和幼儿园的妈妈们一起喝茶了。这是她周六的标准日程。

母女俩回来时已经过了下午三点。我正在客厅里看电视。有美子说她们买了蛋糕回来,问我吃不吃,我谢绝了。

过了大概一个小时,我放在桌上的手机响了,是新谷。

"今天的约会有变化吗?"他问道。

"没有。"

"那就按照预定,你今晚要来和我喝酒,没问题吧?"

"麻烦你了。"我小声说。这时,家里的固定电话响了。

"你家的电话响了吧。"新谷说道,"是古崎打的,他就在我旁边。"

我惊讶地看着有美子。她接起了电话。

"我们今晚真的会在新宿喝酒,而且一定会喝到早晨。这样你就可以在她那里过夜了。相应地，我们会拿你作为消遣的话题，你就忍了吧。"

"我知道了，不好意思。"

"真是的，就只帮你这一次了。"新谷说完挂了电话。

有美子走过来，把电话分机递给我。"是古崎打来的。说是你的手机正在通话中。"

"刚才正和新谷说呢，说今晚要去喝酒。古崎大概也是说这事吧。"

"哦。"有美子似乎一点都不感兴趣，把分机放在桌上就回厨房了。

我调出分机的通话记录，直接打过去，古崎立刻接了电话。

"新谷拜托了我一件莫名其妙的事，刚才是我打给你的。"他说道，还是一如既往平淡的语气，"今晚我们要一起去喝酒，你不会来，但我们会认为你来了。这样就好了吧？"

"就这样，拜托了。"我害怕被有美子听到，小声说道。

"嗯。"古崎答道，"具体情况我不知道，但你也一把年纪了，注意着点。就这样，祝你好运。"

"对不起。"说完我挂了电话。有美子正在洗碗。我不知道她有没有听到我们刚才的对话。

过了晚上六点，我开始做出门准备。我并没打算特意打扮，可还是被有美子发现了。"你今晚穿得还挺正式。"

"是吗？"

"你见你那些狐朋狗友时，一向都是不修边幅的。"

"我们要去新谷的熟人开的店，太不修边幅的话就失礼了。"我犹豫着用这个理由搪塞。

"哦。你的这些朋友还真不错。都这么多年了，关系还这么好。"

有美子双臂抱在胸前。

我看着她问道:"为什么忽然这么说?"

"不为什么,只是忽然有感而发。很奇怪吗?"她抬眼望着我说。

"不,不奇怪。"我移开了视线。

出了公寓,我叫了一辆出租车。我已事先把给秋叶的礼物放在公司的储物柜里,所以先去了一趟公司,接着又打车来到东京站。

一想到很快就能见到秋叶,我雀跃不已,同时也有些在意有美子的态度。也许是由于我对她充满内疚,但我还是担心她可能感觉到了什么。

我告诉自己,就算那样也没办法,但还是很不安。我内心的狡猾和软弱仍然试图把这个人生的巨大转折点尽量往后推。

我从东京站坐上车,在横滨站下车。横滨站旁边的一家蛋糕店兼咖啡厅是我们碰面的地方。

秋叶正在入口旁的座位上读小说,桌上放着一杯冰咖啡。

"晚上好。"我打了一声招呼,在她对面坐下来。她冲我一笑,合上了书。

"情侣果然很多。"

听她这么一说,我环顾四周,其他座位的确都被情侣占据了。

"真好,我也能和你一起过白色情人节了。一个人过很寂寞的啊。"

秋叶现在的态度和平安夜以及情人节时明显不同。那时她说话不会这么坦率。

"我也很高兴能和你在一起。"我说道。

出了店门,秋叶挽住我的胳膊。此前她从未这样做过。

"不好意思吗?"

"倒不会。"

"我一直梦想能这样走在街上呢。"她抱紧我的胳膊说。

我们坐上出租车,向秋叶预约的古典宾馆所在的山下公园驶去。

这家宾馆就像明治时期的西洋建筑。登记入住后,我们没有马上去房间,而是去了宾馆内的法国餐厅。这家餐厅宽敞舒适,可以尽情欣赏海港的夜景。

用香槟干杯后,我们开始享受晚餐。我们喝掉了一瓶红葡萄酒和一瓶白葡萄酒,还欣赏了店里的钢琴演奏。在上甜点之前,我从上衣口袋里掏出了礼物。

那是一个设计成英文字母"a"的白金吊坠。秋叶的眼睛一下子亮了起来,立刻就戴到脖子上。"a"在她胸前闪闪发光。

"我在公司也能戴吗?"她一脸调皮的表情。

"可以啊,但并没有看起来那么值钱。"

"值不值钱没有关系。我只想大大方方地把你送的东西戴在身上,想自我满足一下。"

她一直戴着那个吊坠,时不时还用指尖抚摸一下,看上去非常珍惜。

吃过饭,我试着约秋叶去这家宾馆有名的酒吧小酌一杯,但她歪着头说道:"要是喝酒,我还是想去蝶之巢,不行吗?"

"倒也不是不行……"

"那就去吧,还是那里比较安静。"她又挽住我的胳膊。

我们出了宾馆,向中华街走去。第一次去蝶之巢的时候,我们是从山下公园走过去的。就在那个晚上,我第一次听她详细讲起东白乐的杀人案。我很犹豫要不要提起这件事,最后还是决定不提。

五彩夫人滨崎妙子很罕见地正在吧台内侧洗杯子。看到我们，她愣了一下，面露惊讶，但立刻就恢复了微笑。

"没想到你们一起来。哦，也是，今天是白色情人节嘛。"

"这是他送我的。"秋叶坐上吧台椅，拿起吊坠给五彩夫人看。

"挺好的嘛。"五彩夫人看着我微微点了点头。

秋叶对白发调酒师说："老样子。"我则点了金汤力。

快速喝完了第一杯酒后，秋叶对五彩夫人说："还有两周多。"

五彩夫人一副莫名其妙的表情。

秋叶接着说："还有两周多就到时效了。大家都盼着那个日子呢。到那一天就可以卸下重担了。"

幸好没有其他客人。要是有，看到吧台旁的几个人僵在那里，一定会觉得不对劲。

秋叶又很快喝光了第二杯酒。

"凶手到底在什么地方？现在在干吗？做了那么残忍的事，不知是不是在什么地方过着幸福的日子呢。"

"秋叶，你怎么了？"

她转向我笑了，那是一个面部肌肉全部放松下来的笑容。"但我已经无所谓了，无论怎样都无所谓了。因为我很幸福，能和我爱的人在一起。"她搂住我的脖子。

"真没办法。"我冲五彩夫人和调酒师露出苦笑，"她好像醉了。"

"是啊。"

"我带她回去，结账吧。"

"我没醉。"秋叶抬起头说道，"我还要喝，别自作主张。"

"但是……"

我刚开口,有客人进来了。五彩夫人倒吸了一口凉气。我朝来人看去,不由得"啊"了一声。钉宫真纪子表情僵硬地走了过来。

"好久不见了,滨崎。"钉宫真纪子在隔了三个座位的吧椅上坐下,又向我点头示意道:"之前承蒙关照了。"

"我也是。"我答道,内心非常混乱。为什么我必须在这样一个夜晚,在这里遇见她?

秋叶从我身上离开,转向钉宫真纪子道:"晚上好,钉宫。"

"晚上好。"

"真可惜啊,还有十七天,还有十七天就到时效了。已经都结束了。"

"法律规定的时效与我无关。不挖出全部真相,我绝对不会放弃。"钉宫语气坚毅地说完,跟调酒师点了黑啤。

秋叶起身走到钉宫真纪子旁边。她的脚步有些不稳,我赶紧上前扶住。

"秋叶,我们回去吧。"

秋叶推开了我放在她肩上的手。"钉宫,我告诉你一个关键信息吧,连警察都不知道,是我守了十五年的秘密哦。"

"那我有兴趣一听。"钉宫真纪子拿起杯子,"是关于什么的?"

"很简单,关于窗户开关的。"

"窗户开关?"

"发现尸体的时候,有一扇窗户开着,所以警察认为凶手是从那里逃跑的。但实际上并非如此,那是不可能的。"

"为什么?"

"因为,"秋叶环视众人,接着说道,"落地窗全都上了锁,而且是从内侧上的锁，从外面根本不可能打开，也不可能有人从那里出去。"

说完，她就像断了线的木偶一样向我倒过来。

烂醉不醒的秋叶比想象中要重，我把她抱到长椅上放平，把外套盖在她身上。

"怎么回事？"钉宫真纪子问道。

我回过头来看着她。"什么？"

"她刚才说的话，说窗户都上了锁。"

我摇了摇头道："完全不知道。我根本没想到她会说这些。"

钉宫真纪子看向吧台内侧的五彩夫人。"你呢？你应该知道她说的是怎么回事吧？"

五彩夫人把乌龙茶倒进杯子，喝了起来。她动作缓慢，但我看到她的指尖在微微颤抖。"我也什么都不知道。我觉得她只是借着酒劲乱说，你不用当真。"

"不用当真？你让我对这么重要的事不用当真？人难道不会酒后吐真言吗？"

"谁知道呢。"五彩夫人说完，端着杯子转向一旁。

"那我问你，她刚才说的是事实吗？那天你发现我姐姐尸体的时候，房间的窗户关没关？"

"这个我都跟你、跟警察说过无数次了。"

"请你再说一次。"

五彩夫人叹了一口气，把杯子放在吧台上。"客厅朝向院子的窗户有一扇没有上锁，这是事实。"

"你敢发誓？"钉宫真纪子逼问道。

"嗯。"五彩夫人点了点头，"我敢发誓。"

钉宫真纪子站了起来，毫不犹豫地走到秋叶面前，我慌了。

"你要干什么？"我挡在她面前。

"当然是要接着问她刚才的事了。"

"她睡着了，而且烂醉不醒。就算你硬叫醒她也没用，她无法好好说话。"

"如果不叫醒她，怎么知道她能不能好好说话？"

"就算你现在硬问也没有意义，她都醉成那样了。反正你也要在她清醒之后再问一遍，不如就等那时再问好了。"

钉宫真纪子瞪着我，似乎并不买账，但咬了咬嘴唇后，她缓缓点头道："好吧。就像你说的，我不必着急。而且我认为她说的是真话。"

"是因为酒后吐真言吗？"

"也有这个因素，但我认为她今晚会来这里，就是这个原因。她是为了告诉我这件事而特意来的。"

我不明白钉宫真纪子在说什么。

似乎看到我面露疑惑，她笑了。"是她说要来这里的吧？"

"没错。"

"昨天她跟我联络，问我要不要去蝶之巢。我说只要有空，我每天都去。然后她说，那我们可能近期就会见面，随后就把电话挂了。"

"是秋叶……"我转身低头看了看秋叶。她睡得正香。

"她是为了告诉我刚才的事而专程来这里的。不然的话，她不会在白色情人节和男友一起到这种有问题的店里。"

这句话似乎让五彩夫人不高兴了。我瞥见她的脸色瞬间变得很难看。

钉宫真纪子接着说:"秋叶说的是真话。案发那天,仲西家的门窗全都从内部上了锁,既没人能进去,也没人能出来。这是事实。"

"要是这样,秋叶为什么会把这么重要的事情保密到现在?"

"正因为重要才要保密呀。这个事实能彻底改变案子的性质,能说明杀我姐姐的并不是闯进来的外人,而是家里的人。这么重大的事实秋叶当然要隐瞒了。"

"那刚才她为什么又说出来了呢?这不是矛盾了?"

"这个……的确有些奇怪。但也能说通,这大概是她的胜利宣言。"

"胜利宣言?"

"就像她刚才说的,离时效到期还有十七天,而警察并没有任何实质行动。芦原还在独自追查,但也没什么成果,还落到跑去从关键人物的男友嘴里打听这个人近况的地步。"钉宫真纪子看着我说道,"她应该看见了胜利的曙光,所以把必须藏好的底牌亮给我了。那天仲西家是个密室。但就算我现在知道了也无计可施,告诉警察也没用,等警察来确认时,秋叶又可以一问三不知。她可以说在蝶之巢酒吧说的话都是信口乱说的。这样就全完了,警察什么都确认不了。所以她会发表胜利宣言,同时……"她推开我,走近秋叶,俯视着仍在睡的秋叶,"这也是她的犯罪宣言,她承认自己就是凶手了。因为发现尸体时,家里除了她以外没别人。"

我又挤进秋叶和钉宫真纪子之间。"她只是乱说的。"

"乱说?她为什么要乱说?"

"她只是想捉弄你。你似乎已经认定她是凶手,所以她想捉弄捉弄你,肯定是这样。"

钉宫真纪子嘴角放松下来，歪头看着我，目光就像在看某种珍禽异兽。"这十五年里，我可是一直都处在死者家属的立场。我刚才说法律规定的时效跟我无关，但实际上我非常痛苦，你能理解吗？"

"我想理解……但似乎不够。"

"没错。你也是成年人，一般成年人都会明白的，至少能想象得到。一般人是不会去捉弄抱有痛苦的死者家属的。就算再怎么爱欺负人，也不会去享受他人的不幸。而且她捉弄我也没有意义啊。会在时效快到时捉弄死者家属的只有凶手，你不这么认为吗？"

我无言以对。虽然我脑海里全是"秋叶不是凶手"这个念头，却说不出口。

钉宫真纪子转过身去，一面打开背包一面朝吧台走去。

"我来这家店已经很多年了，就数今晚的收获最大。这种一点都不好喝的酒喝了这么多年，总算有回报了。"

"今晚你不用付钱，你什么都没喝。"五彩夫人说道。

"也是。"钉宫真纪子说完合上了包，又转向我说道："等她醒来以后，请代我转告她，心是没有时效的。"

"这个……我会转告她的。"我并不打算转告，却还是这样回答。

钉宫真纪子大步走出去，重重地关上了门。

我长出一口气，在旁边的椅子上坐下。

五彩夫人从吧台后走出来，坐到我旁边。

"你不要在意那个人的话。她只是因为时效就要到期而紧张到了产生妄想的地步。"

"我没在意钉宫，但我在意秋叶的话。为什么她会那么说？"

她摇了摇头道："我也不知道。就像你说的，她可能是想捉弄人吧。按照常理，人一般不会去捉弄死者家属，但钉宫认定秋叶是凶手，秋叶便想用这种方法来报复钉宫。她都醉成这样了，已经完全没有判断力了。"

"滨崎女士，"我直视着她的眼睛说道，"秋叶说的不是真的吧？"

她眨了眨眼睛，但并没有移开视线。舔了舔嘴唇后，她看着我点头道："不是真的。有扇窗户没有上锁，凶手就是从那里逃走的。到了这种地步，我不会对你说谎的。你想想，那时秋叶可是晕过去了啊，她不可能知道窗户锁没锁好。"

五彩夫人的话有一定说服力，但我并不完全相信她。正是她做证说秋叶当时晕过去了。

但我不想在这里继续讨论这个话题。我感觉很不安，就像蒙着眼睛下楼梯一样，一不小心就会一路滚落到底。

"能帮我叫辆车吗？"我说道。

秋叶在出租车上也一路熟睡。到了宾馆后，我硬是把她摇起来，架着她走了进去。服务员赶紧上前帮忙。

古典宾馆的双人房散发着古典气息，家具和用品都是仿制的古董。透过木框窗户可以看到对面的海港。

扶秋叶到床上睡下后，我从冰箱里取出可乐喝了起来。看着她的脸，我回想起她说过的话。

"落地窗全都上了锁，而且是从内侧上的锁。"她为什么会这么说？这是事实吗？

假如秋叶所说不假，那就像钉宫真纪子说的，秋叶就等于承认自己是凶手了。就算时效迫近，也不会有人做出这种事。一般来说，越临近时效，就会越发小心。钉宫真纪子说秋叶的举动是一种胜利宣言，我并不这么认为。

盯着秋叶，我忽然想起一件事。她说过不喜欢跟人道歉。至于理由，她说到了三月三十一日会告诉我的。

我想起在某本书里看过，犯了罪的人在内心深处是希望被捉拿归案的。他们不断受到良心的谴责，不知何时会被抓的恐惧也时常折磨他们。

也许……

也许秋叶是想要道歉的，我这样想。可她不能说"对不起，很抱歉把你杀了"，这让她很痛苦。这种痛苦让她说出了当时仲西家其实是密室。这样就能说通了。

可我爱这个女人。我宁愿舍弃妻女，也想和她相守。

我握着冰凉的杯子，掌心却开始出汗。我把剩下的可乐倒进杯子，泡沫发出了波浪一样的声音。

28

感觉到秋叶已经起床,我睁开了眼睛。其实我只是躺在床上闭目养神,并没有睡着。也许我睡了片刻,但我记不清了。

秋叶似乎去淋浴了,我听着浴室里的声音,拉开了窗帘。港口的海面闪闪发亮,山下公园里已经有人在散步了。

秋叶穿着浴袍走出浴室。"啊,你醒了?"

"早上好。"

"我……我完全想不起昨晚发生了什么。"

"我猜就是。"

"我只记得我们去了蝶之巢,之后的事情就……我没做什么奇怪的事吧?"

"没有,你中途就睡着了。"

"哦。喝酒果然伤神啊。"她坐在床上,一面用毛巾擦头发一面说,"好不容易能和你一起过白色情人节,真是可惜。"

"算了,偶尔为之也不错。"

她露出不可思议的表情,歪着头道:"你怎么了?"

"什么?"

"你好像没精打采的。"

"没有啊。其实我也喝多了,有点头痛。"

"可能是葡萄酒的后劲太强了。"她用毛巾漂亮地把头发包了起来。

我们在宾馆的餐厅里吃了简单的早餐。我完全没有食欲,但还是强迫自己吃了吐司和炒蛋。

结账后,我们叫了一辆出租车,跟司机说去横滨。

"我说,"秋叶在我耳边低声说,"你现在非回去不可吗?"

我用不会被司机听到的音量说:"我必须在上午回去。"

"可今天是白色情人节的第二天啊,而且星期天才刚刚开始。"

"我和朋友对好口供了。要是我回去晚了,他们的辛苦就全部打水漂了。"

"那就让他们的辛苦打水漂不行吗?"

"什么?"我不由得问出了声。

"就让他们的辛苦打水漂不行吗?"她又说了一遍。

"我的朋友为了我特意聚在一起喝酒去了,虽然他们明知我不会去。这都是为我的出轨打掩护。"

"出轨?"我感到她目光一闪。

"总之今天不行。"

"害怕被你老婆知道?"她盯着我的脸。

出租车司机的耳朵似乎动了一下,大概是我的错觉吧。但车里并不是说话的好地方。我小声说道:"等会儿再说。"

我们在横滨站下了车，我正打算直接进站，秋叶抓住了我的胳膊。

"我还想和你在一起。我不是说过吗？现在我认为你是我的男人。你应该也同意了。"

"今天我不想勉强。"

"勉强？勉强什么？"

我无言以对。我也明白，总有一天我得跟妻子坦白，早一天晚一天都没有区别。

"随便带我去什么地方吧。只要两个小时就好。两个小时以后你就可以回家了。"

"秋叶……"

"我很不安。"秋叶的眼神很悲壮，"只要一想到你要回家，我就会止不住地不安。我觉得你一去就不会再回来了。如果不是那样，就让我任性一回吧。"

她的话动摇了我的心。她的痛苦真切地传达过来了，但另一方面，我在担心我们站在这里说话会不会被别人看到。

"好吧。"我答道。

我们去了一家古老的情人旅馆，在散发着香精气味的床上做爱。秋叶坐在我身上时，我吃了一惊。我看到她眼里噙着泪水。但我没问她为什么哭。我不敢问。

"答应我一件事。"完事后，秋叶说道。

"什么？"

"答应我，无论我发生了什么事，你都会保护我。我想要相信，你是唯一站在我这边的人。"

我屏住了呼吸，考虑着秋叶话中的含义。

"怎么了？不能答应我吗？"

我抚摸着她的头发，说道："我答应你。"

"真好。"秋叶喃喃道，把手放在我的胸口。

从情人旅馆出来后，我在品川站和秋叶告别，踏上回家的路。到达东京站，我坐上了出租车，脑子里全是如何跟有美子解释这件事，因为时间已经过了下午两点。

我这次的行动怎么想都很不自然。和老同学喝酒是常有的事，可很少喝到早晨，过了中午才回家更是从未有过。

我固然从一开始就已做好心理准备，但心情却有了些微妙的变化。简单来说，我还想维持现状。

我必须承认心中还存在这卑劣的想法。我还没有完全选择秋叶，还有抛弃秋叶、恢复以往生活的可能性。正因如此，我不想被有美子发现今天的事。

我还没得出任何结论，出租车已停在我家公寓楼前。本来我想再考虑一会儿，可已经晚了，再晚就更糟了。

我拖着沉重的脚步来到家门前，一面掏钥匙，一面想象有美子会抛来什么问题。她可能给新谷等人打过电话了。我不担心他们会老实交代，可他们很有可能无法自然地回答。

我做了个深呼吸，打开房门，顿时听到从客厅传来热闹的笑声。

我向客厅瞥了一眼。除了有美子还有三个女人。我不认识她们，但从她们的年龄和气质来看，应该是和园美同一个幼儿园的小朋友的妈妈。她们正围着餐桌说笑，每人面前都摆着茶杯，中间放着盛饼干的盘子。

"啊，你回来了啊。"有美子转向我，脸上还挂着笑容。

三个女人也赶忙转过来打招呼。我点了点头。"你们好。"

"她们是幼儿园其他小朋友的妈妈。"有美子说道。

"孩子们呢？"

"去幼儿园了。今天有剧团去幼儿园演木偶剧，再过一会儿就该结束了，我们准备一起去接他们，去之前顺便来家里喝杯茶。"

"这样啊，那你们慢慢聊。"我说完带上了客厅的门，回到卧室。

我正在卧室里换衣服时，有美子进来了。我紧张地舔了舔嘴唇。

"对不起。"她说。

我有些意外地看着她。"嗯？怎么了？"

"我没跟你打招呼，就把大家带到家里来了。我们经常去的那家咖啡厅今天休息，也没有别的地方可以去，所以……"

"这倒没什么。"我有些奇怪。我一直以为她是来责问我为什么晚归的。

"要喝咖啡吗？我泡了给你端过来吧。"

"不用了，现在不想喝。一会儿想喝的时候我自己会泡。"

"哦。"她点了点头，准备出去。

"那个……"我说道，"我才应该说对不起。不好意思,我回来晚了。不知不觉就喝到天亮了，然后又磨磨蹭蹭地……"

有美子不等我说完就苦笑起来。"你们很久没见了嘛，没什么。但别搞坏了身体啊。"

"嗯，我知道。"

"喝得开心吗？"

"还行。"

"那就好。"有美子表情平和地走了出去。

我叹了一口气,坐到床上,顺势躺下。

总算是松了一口气。但有美子的态度和我设想的差得太多了。

她是不是比我想象的还要信任我这个丈夫呢?还是说她认为自己的丈夫连万分之一的出轨可能性都没有?

过了一会儿,有美子就和其他妈妈一起出去了。大概一个小时后,她把园美接回了家。

回来以后,她也没问起昨晚的事。我本以为刚才是碍于客人,她才没责问我,但看起来并非如此。

晚饭是有美子亲手做的。有不少菜色都是第一次吃到,我不由得问了问缘由。她说是中午时其他妈妈教的。

"总让你吃同样的菜会吃腻的。和其他妈妈交流交流这方面的经验也很重要。"有美子笑着说。

这一天就这样波澜不惊地过去了。这是一个再普通不过的星期天,既不需要我做什么心理准备,也不需要我下什么决心。晚上上床后,我回想这两天发生的事,一种奇特的感觉油然而生,之前发生的事就像做梦一般不真实。

但我很清楚那不是梦。日子一天天过去,渐渐地逼近了我要做决定的时刻。

29

第二天刚到公司,我就看见几个年轻员工聚在一起窃窃私语。其中有田口真穗,但秋叶不在。

"怎么了?"我问道。

田口真穗环顾四周后压低了声音。"里村被仲西甩了。"

"哦,这样啊。"

对我来说,这一点都不意外,田口真穗对我的反应似乎很不满意。"你好像不关心啊。"

"倒也不是。但你是怎么知道的?"

"那个啊,"她一副兴奋的表情,"里村在白色情人节时约仲西,被拒绝了。但他没放弃,昨晚又跑到仲西家附近,说是想送她礼物,让她下来见一面。"

"然后呢?"

"听说仲西没收礼物,还说出了一个决定性的理由。"

"决定性的?"

"仲西说她有交往的对象,而且已经到了谈婚论嫁的地步。"

田口真穗两眼放光,我忽然觉得有些头晕,就像是被人从意想不到的方向打了一拳,脚步都有些不稳了。

"你怎么了?"

"没,没怎么……哦,这样啊。我只是有些吃惊。"

"是啊。仲西在欢迎会时还说没有男友,那就是她在公司这段时间发展的关系了。说不定就是公司里的人呢。"

"不会吧。"我的表情僵硬了。

"我也觉得不会。我们公司又没什么好男人。"田口真穗捂着嘴天真地笑了。

上班时间到了。我回到座位上,却没有立刻开始工作。我偷偷往斜后方瞥了一眼,秋叶正看着电脑屏幕,但她似乎注意到了我的视线,朝我露出了微笑。我赶紧转回头,生怕被人看到。

这是她第一次在公司里跟我眉目传情。一直以来,她的举动都很谨慎,生怕令我们的关系曝光。看样子秋叶的心已经开始朝目标进行最后冲刺了,所以在公司里的举动也渐渐大胆起来。

我无法责备她。让她变成这样的不是别人,正是我自己。我宣称会离婚、娶她,还保证过无论发生什么都会保护她。她只是相信了我,并没有做错什么。但我还是很焦急。我一面期待能跟秋叶结合,一面又对这条路的艰险望而却步。

正当我不知第几次叹气时,手机响了。来电显示是个不认识的号码,我警惕地按下接听键。

"是渡部先生吧?"这个男声听起来有些耳熟。一张方形的脸在脑海里浮现出来。"我是芦原,现在就在你公司附近。能占用你一点时间吗？"

"可以，但你有什么事吗？我告诉过你了，我什么都不知道。"

"情况可能有变，总之我先过来，见面再说。"

芦原说他会来公司一层的访客大厅，然后就把电话挂了。

我无奈地站起来，这个刑警到底来干什么？

芦原穿着茶色外套站在访客大厅。他长得并不像彼得·法尔克[①]，但我多少能理解那些被神探可伦坡追查的嫌疑人的心情了。

"真是抱歉，你这么忙还把你约出来。"他低下头。

"我可没有什么对你有用的信息。"

"别这么说。喝咖啡吗？"他指着自动售货机。

"不用。"

"这样啊，那不好意思，我就买自己的了。"他说着买了橙汁。

我们在大厅的桌子旁相对而坐。他并没有脱下外套，这让我松了一口气，看上去他不打算长谈。

"前天晚上，我和钉宫真纪子见面了。"

他的话让我吃了一惊，同时也明白了他来的目的。"你从她那里听说了吗？"

"是的，是她打电话告诉我的。我还真是败给她的执着了。她还没有放弃。"

"然后呢？"

"她告诉了我相当有价值的消息。"芦原喝着橙汁，笑了起来，"仲西秋叶喝醉了，说出了一个天大的秘密。"

[①] 彼得·法尔克（Peter Michael Falk），美国著名演员，20世纪60、70年代出演电视剧《神探可伦坡》，大受欢迎。

"你是指那时房间的锁全都从内部锁上了?"

芦原点了点头。"我可不认为她在开玩笑。"

"但如果她是凶手,应该不会说这样的话。"

"这就是人性复杂的地方。我听说当时她醉得很厉害?"

"就算这样,她也不会坦白这么重要的事。"

"那可难说。隐藏了很多年,却在某个时候不小心说了出来,这样的事很常见。以前有个人杀了一个小孩,拿着尸体的照片在酒馆里炫耀,结果被逮捕了。凶手会特意发出信息,这并不稀奇。"

"这是两码事。你要是真的怀疑,去跟秋叶本人确认不就好了吗?你可以直接问她是不是借着酒劲道出了真相。"

芦原皱起眉头,随后撇了撇嘴。"就算当时房间真的全都锁上了,她也不会这么跟我坦白。要是她会坦白,早就自首了。我是警察,所以她不会跟我说……"

他意味深长地看了我一眼。我明白了他的意思,摇了摇头。"她也不会跟我说的。"

"我不这么认为,我觉得她应该会跟你说实话。她现在已经开始犹豫了。时效马上就到,她正受到良心的谴责,犹豫究竟要不要这样拖下去。这样的迷茫让她在酒桌上说出了重大的事实。所以我想拜托你,如果她在隐瞒什么,请你催她坦白。只有你能做到。"

我瞪了他一眼。"秋叶不是凶手,她没有杀本条的动机。"

"本条可是从仲西秋叶母亲那里抢走了她父亲的人,而仲西秋叶的母亲也因此自杀了。"

"仲西父母离婚和本条无关。我听说仲西先生是在和妻子分居后才和本条交往的。"

"是从仲西先生那里听来的吧?"芦原撇了撇嘴,"你该不会相信他的话吧?"

"你有什么证据说那是假的?"

"你可不要小看我们的调查能力。的确,仲西夫妇在表面上是好离好散。但有不少人做证说,他们离婚的原因是仲西先生的婚外情。"

"不会是那样的。"

"信不信由你。你最好好好考虑一下,我也是为了你好。"

"为了我?"

芦原靠着椅背点了点头。他看着我,眼里闪过狡猾的光。"这样下去时效就要过了,但事情还没完。钉宫真纪子是不会放弃的,即便这起案子作为刑事案件结案了,她还可以提起民事诉讼。民事诉讼的时效可是二十年,还有五年才到期。你打算在这五年里也继续奉陪吗?"

"什么意思?"

"我是说你最好趁现在放手。现在仲西秋叶非常犹豫,时效到期后她很有可能会坦白事实真相。那时若提起民事诉讼,事情就麻烦了,你也会被牵连的。明白吗?"

我摇了摇头,站起来道:"请回去吧。"

"渡部先生,你最好好好考虑一下。这可关系到你的一生。"

"我相信她,不会劝她自首的。就这样,我先走了。"

我离开大厅,心却像钟摆一样摇摆不定。我气势汹汹地回答了芦原,可心里最清楚,我其实并不像嘴上说的那样信任秋叶。

30

看到园美在米饭上浇上纳豆，我不由得有些吃惊。我本以为她只喜欢搅纳豆，并不喜欢吃。

"你看什么呢？"有美子问道。

"没什么，只是看到园美在吃纳豆有点惊讶。"

她看了女儿一眼，点了点头道："她上个月就开始吃纳豆了。你现在才注意到吗？她在早餐时吃过好几次了。"

"哦，为什么忽然吃起纳豆来了？"

"我们回长冈老家时，她尝了点我爸爸吃的纳豆，觉得好吃。那些纳豆和平常吃的没什么不同，但小孩就是很不可思议。从那以后，她就开始吃纳豆了。"

"哦……"

"对了，那个时候你不在。"有美子像是想起什么似的，"你一个人从傍晚起就出去了，说是要去滑雪。"

"那个晚上啊。"我的胸口不由得一紧。

"从那以后已经过了一个多月，你到现在才注意到，真迟钝。"有美子的语气并不是在责备我对园美缺少关心，而是有种自豪。只有她注意到了女儿的变化。

"小孩真是一天一个样啊。"

听我这么说，有美子苦笑道："现在才说这种话。"随后她转向女儿，"爸爸真是的，现在才注意到园美能吃纳豆了哦。"

"真是的——"幼小的女儿对我说。

"真没面子。"我滑稽地缩了缩脖子。

一如既往的早晨，什么都没有变化。不只是园美，估计连有美子也从未想过这样的生活会有所改变。唯一可能的变化就是园美多出个弟弟或妹妹来，至于我们之中的一人会离开，她们可能连做梦都没想过。就连我自己在一年前也是如此。

可现在我知道了，这种生活随时都可能改变。一直以为一家三口再自然不过，以后却会变成两个人，要消失的正是我自己。

从决定选择秋叶开始，我就意识到了。或者说是一种心理准备更合适。见不到妻女的痛苦我还可以忍受，但一想到她们以后生活的艰辛，我的胸口就疼痛不已。

特别是想到园美可能会受到的心灵创伤，我就像掉进了黑暗的深渊。那里没有光，也找不到出口，而且我也不认为园美能找到出口。

我没有注意到园美开始吃纳豆，这并不是因为我迟钝，而是我实在无法面对年幼的女儿。不久，我就会抛弃她。

妻子和女儿目送我离开了家。公寓外人行道旁的樱花已经接近盛开，时间真快，已经是春天了。

她们肯定认定我会回家，应该从未想过我有一天会不再回去。

这种想法让我很痛苦，甚至想过自己若是个狠心的父亲就好了，要是能在离开后对她们的生活不管不问，我至少能够轻松一些。可我不是这样的人，我一直都扮演着好丈夫和好父亲的角色。现在看来，这也成了一桩罪过。

我到公司时，秋叶还没来。我来到座位旁，正要启动电脑，田口真穗笑着走了过来。我不由得有点紧张，生怕她又来说秋叶要结婚的传闻。

"渡部先生，你今晚有空吗？"她小声问道。

"今晚？嗯，没什么安排。"

"我们准备给仲西开送别会。她做满这个月就不做了，但科长似乎对开送别会没什么兴趣。要是连个送别会都不开，她也太可怜了，所以我们决定开一个只有年轻人参加的送别会。大家只有今天都有空，就这么定下来了。"

"不是说只有年轻人参加吗？我能去吗？"

"可以啊，你刚好擦边。那就算你要参加了哦。"

我正想问清楚什么叫"刚好擦边"，田口真穗已经走了。

我看了看秋叶的座位，她不知何时已经来了，正准备戴眼镜，同时向我这里看来，两人的目光交汇了。她用目光传达道："早上好，今天好吗？"我则答道："挺好的。"实际上我很苦恼，可又不能让秋叶知道，只能让目光撒谎了。

秋叶的送别会在八丁堀的一家居酒屋里举行。人比欢迎会时少了几个，少的人中就有科长和里村。

当然，大家立刻就开始了对秋叶结婚一事的盘问。首先是事情的真假，秋叶答道："还没具体决定呢。"

听了她的回答,大家七嘴八舌地问起来。"但你有男友了吧?欢迎会时你还说没有。那时你说谎了吗?"一个男同事问道。

"我没有说谎,那时真的没有。"

"哦……"除了我,所有人都兴奋起来。

"这么说是公司里的人了?"

这个逼近核心的问题让我有些坐立不安。我不知不觉加快了喝酒的速度。

秋叶笑着微微摇了摇头。"很遗憾,不是的。"

现场的紧张气氛一下子缓和下来。坐在我旁边的男同事嘟囔道:"搞什么啊,原来不是啊。"

"你们在什么地方认识的?联谊会吗?"田口真穗担当起发问的大任。

"不,是在击球中心。"

正在喝烧酒的我差点呛到。

"击球中心?仲西你去那种地方啊?"

"去啊。对减压很有效。"

"哦,这么说你们是在那里认识的了?"

秋叶点点头。"那是命运的相会。"

不知是谁吹了声响亮的口哨,其他人也都瞪圆了眼睛等下文。

"是什么样的人?"田口真穗继续发问。

秋叶略一思索,微微歪着头说道:"他很温柔,工作很用心,还有……我觉得他是个重视家庭的人。"

"你在欢迎会时说过吧?不能认真履行丈夫职责的人可不行。"一到这时,田口真穗那出类拔萃的记忆力就开始显示威力了。

"还有，你好像说过要是对方出轨就要把他杀掉。"一个男同事这样问道，立刻有好几个人附和："我们当时可是被吓得不轻呢。"

秋叶微笑着答道："出轨是绝对不行的。"但她又接着说，"可如果是真心的，我觉得那也没办法。"

"真心？是指什么？"田口真穗问道。

"我觉得无论男人还是女人都有移情别恋的时候。我也与不止一个男人交往过。明明有交往的对象，却喜欢上别人，这件事本身不应该受到谴责。应该受到谴责的是那种自己毫发无伤，却把一切责任都推给对方的行为。这就只是单纯的出轨，而不是真心。无论是谁，都没有玩弄别人感情的权利。"

秋叶的语气很平淡，可大家都听得一脸认真。其中脸色最不好看的肯定就是我了。

"你不怕你男友出轨吗？"田口真穗用明快的语气问道。

"我觉得没问题。他应该没那个胆量。因为他知道一旦出轨，就会被我杀掉的。"

秋叶这么一说，大家都笑了起来。

"你最喜欢那个人什么地方啊？"

听田口真穗这么一问，秋叶又歪着头想了想。"是啊，老实说我自己也不太清楚。他不是以前的我会喜欢的类型。但托他的福，我重新认识了自己。"

"重新认识自己？"

"就是自己都没发觉的优点、缺点，还有爱好，很多方面。尤其是那个人还教会了我道歉。在遇到那个人之前，我从来都没有真心说过'对不起'。以前我总觉得错不在自己……"

大家又有些一头雾水了。秋叶环顾四周，急忙低下头道："我说得太莫名其妙，破坏了气氛，真是对不起。你们看，我这不是能道歉了吗？"

秋叶的玩笑挽救了一度低沉的气氛。之后，包括田口真穗在内，没人再就男友一事盘问秋叶。大家大概都察觉此事并不简单。

送别会结束后，田口真穗又招呼大家去聚第二场，我以时间晚了为由谢绝了。在一小群人里和秋叶共处实在窘迫。

和大家告别后，我一个人坐上了出租车，开始检查手机短信。秋叶发来的短信出现在眼前："我也没去第二场，在击球中心门口等你。"

我赶忙跟司机说："对不起，请你改去新宿。"

来到击球中心旁边，我下了出租车，一面走一面取出手机。还没等拨号，我就发现秋叶站在面前。

"今晚你可是主角，就这么溜走不好吧？"

她跑到我身边，挽住了我的胳膊。"人家想和你在这里约会嘛。"

"刚才说的那些话让你怀旧了吧？"

"嗯，你呢？"

"我也一样。虽说仅仅是半年前的事。"

我又想起秋叶在击球中心奋力击球的模样。我可能就是在那个瞬间爱上她的。

"要是那天晚上没在这里遇见，就不会有现在的我们。"秋叶一面眺望击球中心的灯火一面感慨道。

"可能吧。"

"也许没遇见会更好，那样就不用这么痛苦了，你也不会痛苦了。"

"你痛苦吗?"

听我这么问,秋叶垂下了视线,但很快又抬起头笑着说:"不。我不觉得痛苦,能这样和你在一起很幸福。"

"我也是。"

冷风吹来,我本来想带秋叶找家咖啡厅,秋叶却说想散步。

"我们去散步吧,两个人在晚上散步,这样比较像秘密约会。"

"秘密约会啊。"

我们挽着手在新宿街头散步。街上人很多,大都是没有兴趣欣赏夜景的忙碌人群。

"下星期一你有空吗?星期一晚上。"秋叶边走边问。

"星期一是……"

"三十日。"她立刻答道,"三月三十日。确切地说是三月三十一日的前一天。"

"啊!"我不由得发出声音。我当然知道那一天的意义。

"到了三十一日零点,那起案子就到期了。那时我想让你陪我。"秋叶停下脚步,放开了我的胳膊,转向我接着说,"可以吗?"

我轻叹了一口气。感受着她的决心,我无法说不行。"好的,那晚我陪你。"又得跟有美子说谎了。但我已经无所谓了。

"你还记得我以前说过的话吗?我说到了三月三十一日,就能跟你说很多事了。"

"当然记得。"

"那一天终于要来了,决定我命运的日子。"秋叶直视着我的眼睛说道,"我会说的,从头到尾。"

我沉默着点了点头。我已经打定主意,无论她说出什么我都接受。

其实我现在就很想知道,但犹豫了一下,还是没问出来。如果问了,就轻视了她坚持十五年的信念。

"我也希望你能答应我一件事。"秋叶说道。

"什么事?"

秋叶把目光从我的脸上移开,犹豫地左顾右盼了一阵,然后做了个深呼吸,真诚地再次看着我道:"请你做个决定。包括与我的关系,也包括你要怎么处理现在的家庭。"

"我的心意没变。"

她摇了摇头。"我并没怀疑你的心意,只想看看你的心意有多深。刚才我说的话你也听到了。如果你是认真的,我希望你能直面失去与伤害。如果你要逃避,就说明你不是认真的。那么到目前为止,你的所作所为就仅仅是出轨而已。"

秋叶的每句话都像刀子一般刺进我的心。我无法反驳。正如她所说,我一直在逃避,把负担全部推给了她。

"我明白了。我会给你答复。在听你讲述前,我会跟妻子摊牌。"

"不行。"秋叶说道,"听过我的事之后,你再给我答复。我不想让你后悔。就算你不后悔,我也会不停猜测你是否后悔。那样太辛苦了。"

"我不会后悔的,我有信心。"

"那也不行!"秋叶的语气很严厉。

我叹了一口气。"既然你这么坚持,我就听过你的事后再给你答复好了。然后我就会跟妻子摊牌。三月三十一日,我会把事情做个了结。"

"那一天就什么都结束了。"秋叶又挽上我的胳膊。

"应该说一切都从那天开始。"我迈开脚步。

31

　　一出被窝,我就冷得直发抖。今年明明是个暖冬,早晨却一直很冷。我压抑住钻回被窝的冲动,脱下睡衣。

　　我一面穿衬衫,一面看了一眼放在枕旁的日历。今天是三月三十日,星期一。我想了想今天的意义,又开始发抖了。

　　客厅里,早餐已经准备好了。园美坐在桌前喝热牛奶,盘子里是她喜欢的维也纳香肠和煎蛋。

　　"早上好。"我跟园美说道。她也笑着说"早上好"。

　　我不禁想,还能看几次这张笑脸呢?可能这就是最后一次了。以后就算再见面,我对她来说也只是个抛弃了她的父亲,她一定不会原谅我。

　　"你也吃面包可以吗?"有美子在厨房里问道。

　　"可以。"我答道,"还有,事情有点突然,很抱歉,我今晚不回来了。"

　　"哦。"有美子从厨房探出头来,"出差吗?"

"算是吧。"我暂时这样答道。

"做好准备了吗？要去哪里？"

"大阪，只过一夜，不用特别准备什么。在宾馆也只是睡一觉。"

"哦。"她点了点头，又回到厨房里，看起来完全没有怀疑。

我一面吃吐司一面喝咖啡，顺便看了看早报。报纸上完全没有提到东白乐案件今天到期。在世人看来，那只是起小案子。

我穿好西服，套上大衣，拿起公文包走向门口。有美子出来送我。

"路上小心啊。"她接过我用完的鞋拔子说道。

"嗯……你明天有什么安排吗？"

"明天？怎么了？"

"没什么，只是有些话想跟你说。"

"什么话？现在说不行吗？"她有些不解。

"我想慢慢说，现在没时间。"

"……哦，明天我倒是没什么安排。"

"知道了。那今晚我就不回来了，家里拜托你了。"我走出了家门。

我切实感到某种东西越来越近，但我不知道那是幸福还是不幸。我只知道一切都已停不下来。就像无论多么巨大的吊钟，只要用指尖一直按，也会因共振而剧烈摇摆起来一样，至今为止积攒的细小举动现在就要激烈地改变我的人生了。

我人在公司，可完全无心工作，满脑子都在想如果离婚，周围的人会怎样看待自己。而且离婚的原因还是婚外情。

和派遣来的员工发生婚外情，最后闹到离婚，连小孩也不要了。这都是一年前的我相当鄙视的举动。其他人肯定会像当年的我一样，嘲笑我，鄙视我。

考虑这些事的空隙,我不时偷偷看向秋叶。目光几次和她相遇。

"今天晚上哦。"我感觉秋叶的目光像在这样说。

没错,就是今晚。今晚会成为一切的终结还是一切的开端,我现在还不知道。

到了下班时间,我迅速收拾完毕离开公司,前往上周就约好的见面地点。

出了公司,我乘出租车前往汐留。事先预约好的餐厅位于高层大厦的顶层。我在入口报上姓名后,身穿黑色制服的服务员把我领到靠窗的座位旁。

我一面喝啤酒赏夜景一面等秋叶。

这是家充满回忆的餐厅。去年的平安夜,我演了一场高难度的戏,总算和秋叶在这家餐厅里成功约会。明明只是三个月前的事,感觉却像发生在很久以前。

啤酒喝到三分之一时,秋叶来了,穿着一件几乎透明的性感衬衫。在公司时,她并未穿成这样。

"你换过衣服了?"

"嗯。因为今天意义非凡嘛。"

我们用香槟干杯后,她环顾店内,然后笑着看着我道:"我很感激你能在平安夜来和我见面。本来我已经放弃了这个梦想,是你帮我实现了。"

"你一口咬定我做不到,所以我偏要做到让你看看。"

"你还真是不愿服输的人呢。"

"你不也是吗?从你击球的动作就看出来了。"

我提起的"往事"让她噘起嘴扭过头喝酒去了。

之后我们说了不少往事，就像电视连续剧的大结局把之前的精彩镜头回放一遍一样。我们说得很开心。

明明只过了半年，我们却有着说不完的回忆。也可能是因为记忆还没褪去，能一个接一个地想起很多。

但实际上还是有限度的。终于，我们说到了白色情人节和上周送别会后的约会。这时也只剩甜点没上了。

"九点了。"在座位上结过账后，我看了看表，"还有三个小时，这段时间我们干什么？"这是我第一次提到时间。秋叶之前也完全没提过。"要不要去什么地方再喝点酒？"我问道。

秋叶并没有点头。她看着我，嘴角浮出笑容。"你今晚不回家没关系吗？"

"嗯。"

"那要不要去那里？"

"那里？"我嘴上这么问，心里却已经有了大致答案。

"我家，就是那个发生过命案的东白乐的家。"

"我就觉得你说的是那里。"我答道，"今晚你父亲不在家吗？"

"现在应该还没回来，他要工作。"

"那就是说晚一些会回来？"

"应该会。是我叫他回来的。"

"你？"

"我让他过了午夜零点回家。"

仲西家的门灯亮着，从一层隐约透出灯光。但秋叶说，那是为了提防有人闯进去而亮的灯。

停车场里只停着那辆坐过几次的沃尔沃。

秋叶取出钥匙打开玄关门，转过头对我说："请进。"

"打扰了。"我说完走了进去。

"你想去哪里？我的房间还是客厅？"秋叶问道。

"无所谓。"

她想了想，说："那就去我的房间吧。"

秋叶在十几年前上高中时用过的房间还是一成不变。铺在床上的毛毯和被子也和我们上次来时一个样子。

来这里之前，我们顺便在便利店买了罐装啤酒和牛肉干。秋叶把购物袋放到书桌上。

我看到放在桌上的时钟，不由得吃了一惊。时钟上显示的时间完全不对。但仔细想想也就明白了，这里已经有十几年没人用过，电池肯定没电了。

注意到我的视线，秋叶拿起那个时钟问道："现在几点？"

我看了看手表。"九点五十分。"

她把指针调到九点五十分，然后把时钟放回原处。

"每隔一会儿就告诉我一下时间。"

"你要调表吗？"

"嗯。"她说着点了点头。

我们用罐装啤酒干杯，一面吃牛肉干一面喝酒。秋叶开玩笑说，应该等到午夜零点再干杯，但这一点都不好笑。

"现在几点了？"她问道。

"十点五分。"

她又把时钟调到了十点五分，然后看着我，微微歪着头道："我能到你旁边去吗?"

我正坐在床沿上。"好啊。"我答道。

秋叶来到我的身旁,我搂住她,她靠在我身上。我轻轻吻了吻她的额头,她抬起头来,我们的唇重合了。

"你父亲大概什么时候回来?"

"还早呢。你不用在意。"

我们把啤酒放在地上,拥抱在一起。我们一遍又一遍地接吻,然后很自然地开始脱彼此的衣服,很快就全裸了。中途,依秋叶的要求,我熄了灯。

"冷不冷?"钻进被窝后,我问道。

"我没事,你呢?冷吗?"

"我也没事。"说完我抱住了秋叶。

到这里为止,我们和往常没有任何区别。这是我们几个月以来的标准流程。但之后却不一样了。

无论我怎么爱抚秋叶,也无论秋叶怎么爱抚我,我的那个重要部位就是没有反应,试了几次都不行。那里似乎不是自己的身体,仅仅是一块肉软软地耷拉在股间。

"好奇怪啊。"我不由得喃喃道。

"没关系。能这样抱在一起,我就觉得很幸福了。"

"嗯。"我点了点头。在这么重要的时刻出现这种状况真是太糟了。我只能自我分析为心理压力太大。

"现在几点了?"她在我怀里问道。

我拿起放在枕边的手表看了一眼。"马上就十一点了。"我不禁想起了南天群星的《率性辛巴达》。

"哦。"她在我怀里扭了几下,盯着我说,"下去吧。"

"好。"

我们穿上衣服,走下楼梯。客厅很冷,四处可见灰尘。组合柜上摆着一个装饰得很漂亮的座钟,还在走,时针正指向十一点。

"我泡咖啡给你吧。还是说你还想喝啤酒?"

"随便……还是喝咖啡吧。"

"好的。"秋叶应声走进厨房。

我在豪华的皮沙发上坐下来。沙发冰凉,刚坐上去时,我感到体温都被夺走了。但不一会儿就暖和起来了。

我再次环顾室内。一想起十五年前这里曾经发生过命案,我就觉得浑身不自在。

我的目光停留在了面向院子的落地窗上,凝视着窗上的月牙形锁。

过了一会儿,秋叶回来了。她端着托盘,上面放着茶杯和水壶。

"没找到咖啡,就改泡了红茶,你不介意吧?"

"不介意。"

茶杯里泛起的热气把我带回了现实。这个家不是虚幻的,而是切切实实存在的。这里发生过命案也是事实。我既然已经决定要和秋叶一起生活,就必须直视一切。

"真暖和。"秋叶边喝茶边眯起了眼睛。我从正面目不转睛地看着她。

"你还记得白色情人节的晚上我们去蝶之巢的事吗?"

秋叶似乎没有料到我会提及此事,但立刻放松了嘴角答道:"嗯,记得啊。"

"那时你好像醉得很厉害。"

听我这么说,她那细长的眼睛盯着我道:"我没醉。"

"但是你……"

"我说我没醉。"她用不容置疑的语气说道,"你继续说。"

我伸手去拿茶杯。我忽然觉得口渴,不祥的预感像黑烟一样在心里扩大。

"你跟钉宫真纪子说,发现尸体时,落地窗全都从内部上了锁,所以既没人能进屋,也没人出得去。你可能不记得了。"

秋叶像是想用茶杯取暖一样双手握着茶杯,目光停留在一点上。

"我记得很清楚。因为我根本就没醉。"

"可你一说完就立刻睡着了啊。"

"我全都知道。在我睡着的时候,你和五彩夫人竭力想要说服钉宫真纪子,说我的话都是醉酒后的胡言乱语,让她不要当真。但钉宫并不买账。她说那是我的胜利宣言,还让你在我醒来以后转告我,心是没有时效的。怎么样,我说得没错吧?"她看着我笑了。

我感觉血色一下子从脸上褪去。她说得都对。胜利宣言,心是没有时效的——钉宫真纪子的话又在我耳边响起。但她说这些话时,秋叶应该是睡着的。

"你……是在装醉吗?为什么要那么做?"

"对不起。但我没有其他方法来逃避钉宫真纪子的质问。"

"那你一开始就别说啊。"

"那么我那天晚上去那里就没有意义了。我是特意去给他们最后的惩罚的。"

"惩罚?"

说到这里,我听到玄关有响动,是开锁的声音。接着门开了。

"看样子悬疑连续剧的人物都来齐了。"秋叶站了起来。

我跟着她来到门口,看到了秋叶的父亲仲西达彦和五彩夫人滨崎妙子。仲西先生穿着深灰色西装,五彩夫人则穿着藏蓝色毛衣,外面罩着白色大衣。两人见到我,都惊讶地睁大了眼睛。

"今天很重要,所以我也让渡部来了。你们应该不介意吧?"

他们并没有作声。和我们对视后,他们默默地开始脱鞋。

所有人都进了客厅后,秋叶看着父亲和姨妈道:"要喝点什么吗?我们在喝红茶,你们要不要也来一杯?"

"我什么都不喝……"五彩夫人低着头说。

"我要白兰地。算了,还是我自己来吧。"仲西先生仍然穿着西装,打开组合柜,取出一瓶人头马和白兰地专用酒杯。

秋叶盯着他说道:"我正在跟渡部坦白很重要的事。之前在蝶之巢时,我烂醉的样子都是装出来的。我是在非常清醒的情况下,把案发时不可能有人进出这间屋子的事告诉钉宫真纪子的。"

"你在说什么呢。"仲西先生拿着杯子说道,"案发时你晕过去了,怎么可能知道锁是否锁好?"

秋叶的眼神像是看到了什么有趣的东西一样。"你还真是什么都不知道呢。我刚才不是说了吗,在蝶之巢时我烂醉的样子都是装出来的。同理,十五年前的我也可能演出了同样的戏码啊。"

花了数秒,我才弄清楚她的意思。我心中乱作一团,不禁开始发抖。

发现尸体时,秋叶晕了过去,这件事是假的。不对,根据她的话,仲西先生和五彩夫人都被她骗了。

"那时我是清醒的，而且你们做了什么，我一清二楚。"秋叶像戴着能剧面具一般，面无表情地继续说道，"为了隐瞒我的罪行，你们耍了不少小把戏啊。"

我的心跳声大到从未有过的地步，耳朵深处都回响着脉搏。余光瞥到了时钟。

就要到零点了。

32

"倒计时。"秋叶指着座钟说道。

我屏住呼吸盯着指针,仲西先生和五彩夫人也一语不发。

座钟的指针轻快地来到零点,随即滑过。在长出一口气之前,我看了秋叶一眼,这让我大吃一惊。她紧闭的眼中溢出了泪水。

"秋叶!"我喊了一声。

她慢慢睁开了眼睛,长叹一声后看向我,嘴角浮现出笑容。

"时效到期,一切都结束了。"秋叶说道,目光在一动不动的父亲和姨妈之间来回移动,"这么长时间真是辛苦你们了。"

"你说什么呢。"仲西先生表情苦涩,移开了视线。他在沙发上坐下,开始向杯里倒酒。

秋叶走近父亲,俯视着他说道:"你现在心情如何?十五年来,你一直包庇女儿的罪行,现在终于到了终点。高兴得想要跳起来吗?还是想要慢慢品味这份喜悦呢?"

"够了,别说了。"仲西先生喝了一口白兰地。

秋叶又看向五彩夫人。"你呢？心情如何？"

"我让你别说了！"仲西先生喝止道，"事情已经结束了，你还谈这些干什么？"

秋叶转过身来看着父亲，表情凶恶。"还没结束呢，你根本就不知道事情的真相，别装模作样了。"

"什么？"

"你什么都不知道。你们两个都是，一无所知就做了那些事。"

仲西先生瞪着女儿，张了张嘴，似乎想说些什么。但开口之前，他看了我一眼，像改变了主意似的叹了口气。

"还是让渡部先生回去吧。他已经确认过时效到期了，接下来还是我们自家人说吧。"

秋叶看着我，歪着头问道："你想回去吗？"

"不是，这个……要是可以，我也想听听你要说的话。"

"那就没问题了。我也想让你听。没关系吧？"她随即征求父亲的意见。

仲西先生转过了头，似乎在说"随便你们了"。

秋叶俯视着大理石桌，按住胸口，似乎想按住从那里涌上来的什么东西。

"妙子买东西回来时，本条丽子就死在这张桌子上，胸口插着刀。妙子大吃一惊，奔上二楼去查看我的情况。"

"二楼？"我问道，"你不是晕倒在尸体旁边了吗？"

"不。当时我在二楼自己的房间，吃了大量安眠药。"

"安眠药……"

毫无疑问，这是我第一次听说这件事。新闻报道上没有记载，钉宫真纪子和芦原也都不知道。

"然后妙子就跟我父亲联系。父亲很快赶了回来，他不得不得出和妙子相同的结论。大门锁着，窗户也全部从内侧上了锁。这样，刺死本条的就只可能是屋子里的人，而且这个人还有杀人动机。对她来说，本条是把她最爱的母亲逼至自杀的罪魁祸首，因为本条是父亲的情人。父亲和妙子商量对策。本来应该保持当时的状况报警的，可两人并没有那么做。他们选择把现场伪装成有人侵入的样子。为此，他们打开客厅落地窗的锁，藏起本条的拎包，还把各处的指纹都擦掉了。"

"够了！事到如今，你说这些有什么用！"仲西先生用力放下白兰地酒杯。

"我只是在说事实。要是你说我所言有假，就请说说看，我到底什么地方说错了？"

秋叶的反击让仲西先生铁青着脸低下了头。但我的脸似乎比他的还要僵硬。

"秋叶，你承认人是你杀的了？"我的声音已完全变了。

她看着我，温柔地微笑道："我在说真相。可能很痛苦，但请你再忍耐一下。"

"好吧。"我喃喃道。

她再次用凶恶的表情看向父亲和姨妈。"我醒来后，这两个人叮嘱我，我看到尸体就晕倒了，他们回来后就把我抱回了自己的房间，所以我完全不知道发生了什么。无论警察问什么，我都要这样回答。但他们一次都没问过我是否杀了本条。我便下定决心，既然他们不问，那我就不说。既然他们认定人是我杀的，那就这样吧。"

秋叶的声音比很多女性都要低沉。那声音在寂静无声的客厅里回响。等回响完全消失时，我不由得挺直脊背，盯着秋叶的脸颊，眨了眨眼。

"啊？"我不禁发出了声音。

几乎同时，一直低着头的仲西先生也抬起了头，眼中充血。"你说什么？"他呻吟着问道，"你的话是什么意思？"

秋叶两手捂着嘴，后退了几步，直到贴在墙壁上。她看着仲西先生和五彩夫人笑出了声，但那绝对不是自然发出的。

"我问你呢，你说的是什么意思？"仲西先生站了起来。

秋叶放下手，又恢复了严肃的表情。"你听不懂日语吗？就是字面上的意思啊。你们没有问，所以我就不回答。应对警察时，我也按照你们教的说了。我根本就没有说出真相的机会，十五年来一次都没有。"

"等等，秋叶。"我问道，"人不是你杀的？"

秋叶看向我，很抱歉似的摇了摇头。"对不起。就算你这么问，我也不会回答你。警察和钉宫真纪子问我，我也不会回答。只有这个人，我才会回答。"她说着指向父亲，"十五年前我就这么决定了。"

仲西先生站起身来，向秋叶走近一步，脸色苍白，道："人不是你杀的吗？"

听到这个问题的瞬间，秋叶的眼眶变红了。好像有什么东西在她体内膨胀起来，想要脱离她一样。她开口说道："不是的，我没有杀人。"

我听到五彩夫人倒吸了一大口凉气。她捂住嘴，瞪大了双眼。我能看出她在微微地颤抖。

"怎么会这样……"仲西先生呻吟道,"那到底是谁杀的?"

"你那时问我就好了,问我到底发生了什么,那样就不会有这种事,也不用痛苦十五年了。"

"到底发生了什么?"仲西先生问道。

"那天我在二楼吹单簧管,并不知道下面发生了什么。后来我觉得口渴,就下楼找水,结果发现了死去的本条。"

"什么?"我不由得喊出声来。仲西先生和五彩夫人都沉默着,但从他们的表情可以看出,他们是因为震惊而说不出话来。

"本条是自杀的。她自己把刀刺进了胸口。"

"怎么会……"仲西先生声音嘶哑。

"你可能不相信,但那是事实。因为她留下了遗书。"

"遗书?我们根本就没找到遗书。"

"你们当然不可能找到了,因为我把它藏起来了。我觉得不能让警察看到。"

"遗书里到底写了些什么?"我问道。

秋叶用悲哀的目光看着我。"这两个人是最差劲的人,他们根本就不配活在世上。为了隐瞒自己的婚外情,他们牺牲了另一个女人。"

"这两人?"我交替看了看仲西先生和五彩夫人。他们的沉默说明秋叶所言非虚。"不会吧……"我喃喃道,"但你父亲婚外情的对象不是本条吗……"

"本条也爱我父亲,而且是真心的。但父亲真正的外遇对象是妙子。从结婚以来,他和妙子就有了特殊关系。父亲说婚外情不是他和母亲离婚的原因,那都是假的。他们正是因为父亲的婚外情才分居的。但母亲并不知道父亲的外遇对象是谁,父亲没告诉她。应该说是无法告诉她吧，毕竟是小姨子嘛。"

"那你父亲和本条……"

"以前不是说过吗？他在和母亲分居以后，才与本条发展出特殊关系。那是事实。"

"就是说你父亲和本条也有关系？"

"本条被当成烟幕弹了。"

"什么？"

"作为签字离婚的条件，母亲要父亲坦白外遇对象到底是谁，但父亲根本说不出口。如果说实话，母亲是绝对不会答应离婚的。为了骗过母亲，父亲利用了本条。他维持着与本条的关系，告诉母亲外遇对象是本条。他们从分居到离婚花了那么长时间，并不是因为母亲拖着不肯离，而是因为父亲需要时间把本条变成真正的情人。"

"怎么会这样……"

"很不可思议吧，但事实就是这样。我也被骗了，误以为是本条把父亲抢走的。母亲死的时候，我还恨过本条。可就连本条自己也以为她是父亲的女友。"秋叶眼睛通红地瞪着父亲，"她爱你啊。读了她的遗书，我才第一次知道她爱你爱得多深。可是你们呢？你们对她做了多么残酷的事。你们把本条变成父亲的情人，然后一如既往地私会。怎么样？我说错了吗？"

仲西先生深吸了一口气，缓缓地开口道："我也是喜欢本条的，绝对不是单纯利用她而已。"

"别信口开河了。"秋叶的声音尖锐起来，"事到如今，你居然还说得出这种话。要是你没有利用她，那就是你在妙子和本条之间脚踩两条船了？那妙子为什么不抗议？她为什么不跟你说，让你不要跟其他女人上床?她知道你这样做是为了维持你们的关系,才不得已放弃的,不对吗?"

五彩夫人瘫在了地上。仲西先生低着头,表情痛苦地扭曲着。他手捂胸口,就像被人捅了一刀。

"本条在知道真相后,因为过度震惊而自杀了。她绝望到亲手把刀刺进了胸腔!"

我想起秋叶说过,刺中心脏是一件很难的事。尤其是在对方反抗的情况下,几乎不可能做到。那就是说,如果对方,也就是自己不反抗,就可能做到。但这真是恐怖的自杀方式。从本条的选择中,我深刻体会到了她的绝望有多深。

"遗书里把一切真相都写明白了。你能体会我读了那封遗书后的心情吗?我无法再相信任何东西了,眼前一片黑暗,而且对自己恨过本条感到很生气,觉得自己也死了最好。于是我回到房间,吃了大量安眠药。安眠药是从母亲那里要来的。但药没有致命,因为我很快就觉得恶心,把药都吐出来了。妙子回来时,我只是意识模糊,并没有睡着。但我没有力气起来,更不想看到你们的脸,就装作睡着了。"

秋叶靠在墙上,缓缓瘫软下来,最后坐到了地上。

"我不知道父亲和妙子准备怎么办。警察来了以后,就得把这些事都告诉警察,那样两个人就都完了。我觉得这样挺好,可这两个人却得出了一个不得了的结论。他们认定是我杀了本条,还把现场伪装成盗窃杀人的样子。"

不知什么时候,仲西先生变成了跪坐的姿势,深深地低着头。

"她说的是真的吗?"我问道。

仲西先生的脖子微微动了一下。"我一心以为是秋叶杀的人，根本没想到是自杀……"

"在按照父亲的吩咐说谎时，我下定决心要把真相一直保密到时效到期为止。只要我不说，对父亲和妙子来说，我就是杀人凶手。他们必须保护我，必须背负起十字架，包庇根本没发生过的罪行。我认为这是给他们的惩罚，也是对本条的补偿。"

滨崎妙子趴在地上哭叫起来，声音就像要撕破喉咙一般凄厉。她的眼泪不断落在地毯上，眼看把地毯沾湿了一片。

秋叶缓缓起身，注视着我，随即握住我的右手。"走吧。这里的事已经了结了。"

"这样不好吧……"我看着哭叫的滨崎妙子和石像般纹丝不动的仲西先生。

"没关系。接下来的事就让他们自己想吧。"她说着拉了拉我的手。

我迈开脚步，背后传来的滨崎妙子的哭声中开始混入笛子一样的声音。

走出屋子，冷空气让我不由得缩起了身子。我揽住秋叶的肩。"下面怎么办呢？"我问她。

秋叶忽然停了下来，迅速绕开了我的手臂。"我要回家。"她说道。

"什么？"

"你也回家去吧，现在还不算晚，只要跟你妻子说出差日程临时改变，就应该没问题。"

"我今晚是打算一直和你在一起的。"

"谢谢，但我不能再和你在一起了。"

我吃了一惊，凝视秋叶，她并没有移开视线。

"我利用了你。和你发生婚外情是为了让那两个人痛苦。就算我做这种不道德的事，他们也无法指责我。"

"你说谎。"

"对不起，是真的。你还记得在我家门前第一次和我父亲见面的情景吗？在我父亲看见你，露出不愉快的表情之后，我就决定要实行这个计划了。对你实在是很抱歉，但婚外情本来就不是什么好事，也算是你自作自受吧。另外，我也想体验一次婚外情，想知道是什么感受，所以对象是谁都无所谓。"

我的内心一直告诉自己，秋叶说的都是假的，但我没能说出口。我知道说什么都没有用。

秋叶不是杀人凶手，这让我安下心来，可真相的确让我不知所措。这个女人把真相隐瞒了十五年，从来没说过自己不是凶手。这样的女人应该不会没有任何心理准备就和我交往的。

"你也松了一口气吧。"

我不知道她是什么意思，看着她的眼睛。

"我说从此以后，我就认为你是我的男人了，你听了害怕了吧？你在烦恼要不要把自己的一生和我这个说不定是杀人凶手的女人联系在一起。我跟同事说打算结婚时，你不是也着急了吗？但所有问题都解决了，你不用再烦恼了。"

秋叶的话让我清醒过来。看来她这段时间的积极言行都是有目的的。

"我最害怕的就是你提早离婚。我并没有打算破坏你的家庭，所以无论如何都要阻止你离婚。如果我积极起来，你肯定就会退缩。对你的性格，我还是很清楚的。"

"秋叶……"

"刚才是骗你的。"秋叶微笑道,"不是任何人都可以的,我很高兴对象是你。这段时间很快乐,也很刺激。谢谢。"

昏暗中,我看到她眼里闪着泪光。她的表情就像少女一般天真无邪,似乎回到了十五年前。

我想给她最后一吻,往前走了一步。她像是察觉了我的企图,后退一步道:"已经不可以了。游戏已经结束了。"说完她抬起手,一辆出租车停到我们旁边。

"我送你回去吧。"

秋叶摇了摇头。她的脸颊已被泪水打湿,但她还是微笑着默默坐进出租车。我透过窗户看向车内,可她始终没有转过脸来。

33

我回到家时,已经接近凌晨两点。我蹑手蹑脚地走进客厅,打开灯,到厨房接了一杯水。

一切就像一场梦。秋叶的故事完全超出了我的想象,而且今早出门时,我也完全没想过会和她分手。那时我还在想怎样跟有美子摊牌。

从厨房出来,我正打算坐到沙发上,忽然注意到餐桌上放着奇怪的东西。说它奇怪,是指跟季节完全不合。那是用蛋壳做的圣诞老人。

我拿起蛋壳圣诞老人看了看,这时走廊里传来了脚步声。门开了,是穿着睡衣的有美子。看到是我,她眨了眨眼睛。"你不是出差吗?"

"提早回来了。"

"哦,饿了吗?"

"不饿。"我完全没有食欲,"这是什么?"

"圣诞老人啊。"

"我知道是圣诞老人,我想问你为什么现在摆弄这些。"

有美子看了看我的手,微微歪着头说:"不知怎么的,就是想看看。看着这个,心情就会好起来。"

"哦。"

"今天我可以去卧室睡吗?"

"好,我也马上去睡。"

"晚安。"她说完就向卧室走去,但又转过来对我说,"不好意思,你能把那些圣诞老人放回去吗?放圣诞用具的纸箱还在老地方。"

"好,我知道了。晚安。"

她又道了一句晚安,离开了客厅。

放圣诞用具的纸箱在客厅的壁柜里。我打开柜门,取出纸箱,里面放着小型圣诞树和蜡烛等物品。

我一面考虑应该怎么放置蛋壳圣诞老人,一面翻看箱里的东西,很快找到了一个塑料袋。透过塑料袋,我看到里面放着红色的东西。

我好奇地看了看里面,不禁呆住了。

里面是一大堆蛋壳,全都裹着红色的布。这些就是有美子说要送给幼儿园的妈妈们的蛋壳圣诞老人。

这些东西为什么会在这里?而且……

蛋壳圣诞老人全都碎了,看起来不像是不小心打碎的,而是故意的。蛋壳上贴着布,所以碎蛋壳没有散,可都被压扁了。

为什么……这时,一个想法浮现在脑海中。

在平安夜早上,这些蛋壳还完好无损。那么,就是在平安夜之后被打碎的。

会不会是在我和秋叶约会的时候,或是在我为了和秋叶约会而做准备时被打碎的呢？

我脑海里勾勒出有美子把精心制作的蛋壳圣诞老人一个一个打碎的画面。她明知丈夫去和情人约会，却只能装作什么都不知道，希望丈夫有朝一日能够回头。她不指责我，是因为知道那会成为婚姻破裂的导火索。她打碎这些蛋壳会不会是为了平息自己的愤怒呢？

我把塑料袋放回原处，把蛋壳圣诞老人放在最上面，关上了纸箱。我熄了灯走出客厅，走向有妻子等候的卧室。

外一篇：新谷的故事

渡部来跟我商量婚外情了。真是个傻瓜，竟然想在平安夜和情人幽会。而且那家伙似乎还很认真，说不定还会考虑和老婆离婚。

我苦口婆心地告诉他，这是非常愚蠢的举动，他哪怕有一点想和情人结婚的念头，都会造成无法挽回的后果。

可那家伙现在完全不能理解我的忠告。他无法放弃在平安夜和情人约会的想法。我只好绞尽脑汁替他想了一个天衣无缝的计划。幸好计划成功了，但我实在不想再做这种事了。

其实，我是能切身体会渡部的感受的。婚外情的滋味如蜜般甜美，只要尝过一次，就无法轻易放手。

但要保持这种甜美的滋味是有条件的。我想告诉渡部，如果无视条件，想要追求更多甜美，事态立即就会一发不可收拾。

那一瞬间，英惠的表情冻结了。她睁大眼睛看着我，似乎想看穿我的内心。

"你说什么……"她脸色铁青地说道,"为什么会说这种话?"

"对不起。"我低下头,"全都是我的错。只要力所能及,我都会补偿的。"

"什么啊……忽然说出这种话,你让我怎么办啊。"

我沉默了,目光落在餐桌上的茶杯上。我跟英惠说有话想说,她随即给我泡了茶。她当时表情有点紧张,可应该完全没想到我会说要离婚。

"你有其他女人了?"英惠问道。

我不知应该怎么回答。

她接着问:"是这样吧?"

"算是吧。"我说道。我觉得还是老实交代比较好,而且也没有可以糊弄过去的办法了。

"是哪里的女人?"

英惠的语气让我有些吃惊。她说"女人"这个词时,声音听起来冰冷得可怕。

"你不认识。"

"所以我才问你是哪里的女人,你说啊!"

"那种事你没必要知道吧,知道了又能怎么办?"

"我去和她谈,让她和你分手。"

"等一下,我是说想和你离婚。"

英惠闭上眼睛,忽然无力地垂下了头。她两肘撑在桌上,双手抱头,一动也不动。

"我刚才也说了,只要是力所能及的补偿,我都会做的。我会努力让你以后生活无忧。"

英惠说了句什么。她声音很小,我没能听清。

"你说什么?"我问道。

"我不明白。"她仍然双手抱头,"我不明白你为什么要这么做。"

"你的心情我能理解,可没办法啊。"

"什么叫没办法!"英惠忽然抬起头来,眼睛通红,脸上全是泪水。因为她哭得毫无预兆,我吃了一惊。

"对不起。"我又说了一遍。

"这根本就不是道歉能解决的事!"英惠哭喊道,"你觉得我会放过你吗?我不要这样。不正常,这绝对有问题。你在结婚时说过什么?你说要让我幸福,绝对不会背叛我。你在大家面前发过誓吧?那些誓言都算什么?全是谎话吗?你喜欢上其他女人,那些誓言就到此为止了?别开玩笑了!我该怎么办?用过就扔?搞什么啊!别把我当笨蛋耍!"

我有被骂的心理准备,但没想到英惠如此失去理智。她本来是很冷静的。

"可你以前不是说过吗?如果我出轨,你绝对会立刻和我离婚,拿一大笔赔偿费,然后干脆地一拍两散……"

"我是说过,可没想到你真的会出轨,我那么相信你……"

"对不起。"我低下了头。今晚我准备道歉到底。

"你根本就没觉得对不起我吧?你只想赶紧跟我离婚,是吧?我不会让你如愿的,绝对不会允许你独自得到幸福!"

英惠说完就站了起来,走出客厅,进了隔壁的卧室,狠狠地摔上了门。随即传来大哭声。

我叹了口气,从架子上取下威士忌,然后从厨房拿来杯子,直接喝了起来。

我告诉绘理,已经跟妻子提出离婚。绘理表情一下子爽朗起来,却又很担心地看着我道:"然后呢?怎么样了?"

"嗯,有点棘手。"我挠了挠鼻梁。

我正在绘理位于江户川桥的公寓里,这是一套一室一厨的小房子。床边的桌上放着绘理做的菜,有炸鸡块、土豆烧肉和拌菠菜,都是她的拿手菜。我边喝啤酒边吃。

"棘手?"

"她已经有些崩溃了。但我觉得那也难怪。"

"这样啊……对不起,都是我的错。"

"你不必道歉。这是我自己的决定,本来就是我的责任。"

"你觉得你妻子会同意吗?"

"要是不同意就麻烦了。但她也应该知道,僵持下去是没用的。没关系,肯定有办法的。"

绘理抱住我的脖子,在我耳边小声说道:"我好高兴。"我抱住了她纤细的身体。

这样就好了,我跟自己说道。接下来会有很多麻烦,但有绘理陪着,我肯定能熬过去。我觉得无论任何阻碍我都能克服。

绘理一年前在六本木的一家酒吧工作,那时她还是大学生。我一眼就看上了她。为了见她,我在那家店里花了不少时间和金钱。不久,我们开始在酒吧外面约会,也理所当然地发展到上床的地步。

后来她大学毕业，离开了酒吧，开始在设计事务所工作，我们仍保持着关系。

我和她不仅在音乐和美食上爱好一致，还会在同样的地方觉得感动、觉得有趣，甚至连重视的事物即所谓的价值观都很一致。和她在一起时，我既放松，又愉快。

我相信绘理才是我理想的伴侣。我有自信能为她做任何事情，完全无法想象失去她会怎样。人们常说姻缘的红线，我觉得我的红线的另一头应该就是绘理。但我们相见恨晚，那时我已经结婚了。

我和英惠是在两年前结婚的，那时我们已交往四年。我并不是很想结婚，是英惠说想在三十岁之前结婚，我才勉强同意的。那时我觉得已经不会再出现其他恋爱对象，就妥协了。

结婚让我失去了很多东西，例如随意支配工资的权利以及彻夜不归和在外面留宿的自由。更重要的是，我丧失了和其他女子享受浪漫的权利。当然，结婚也不是全无好处。至少我不用再操心做饭和家务，这帮了我的大忙。我的内衣有人替我洗好，也不会再出现临出门时一只袜子找不到的情况，房间的角落里也不再落灰。但我越来越觉得自己为这种舒适的生活付出的代价太大了。结婚前，我想都没想过会对英惠如此无所谓。在注意到自己有意无意地逃避和英惠做爱时，我真的很愕然。

就在这个时候，绘理出现了。我更加认为自己的婚姻很失败。要是早些遇到绘理，我一定不会和英惠结婚。

大约两周前，我跟绘理说会和妻子离婚，绘理看起来很惊讶，但脸上充满期待和欣喜的神情。她说她从未想过这种事。

"我听说要离婚很困难的。我不想让你太辛苦。"

听绘理这么说，我非常感动，同时也下定决心，无论如何都要让她幸福。

"没关系，包在我身上。"我逞强道。

当然，我是有一定把握才会那么说的。英惠以前说过："我经常听说有人在丈夫出轨后，一看丈夫下跪道歉，就原谅了他，我才不会这么干呢。之后肯定不能像以前一样生活了。既然那样，还不如拿一大笔赔偿费，干脆地一拍两散呢。这样还能趁年轻再去找合适的人。要是一直拖着，等上了年纪，可就不好再找了。"

英惠的想法对女人来说是合理的，而且是自尊心很强的想法。所以我完全没想到她会坚持不同意分手。我担心的只是赔偿费的问题，并且做好了被狠敲一笔的打算。

但我的预想完全错了。英惠死也不同意离婚。不过她再也没像我跟她摊牌的那天晚上一样歇斯底里地大哭。就像这件事根本没发生过一般，她每天都和往常一样做家务。我不知道她到底怎么想，问她"你准备怎么办"，她的回答都是"不知道"。

"但继续这样生活也不会有结果的，这样只会让我们更加讨厌彼此。"

"你就那么想早点离婚吗？"

"我想早点了结，这样大家都能轻松点。"

"轻松的只有你吧。"

我无言以对。

我也想过干脆离家出走，和绘理住在一起，但我也明白，那样做只会把离婚战线拖得更长。现在我们住的公寓是结婚后立刻贷款买的,要是英惠不肯搬出去,这房子我就既不能卖也无法住。

我束手无策,只能暂且在绘理那里寻找安慰,再回家继续和英惠僵持,这已经成了我的生活常态。

一天晚上回家后,我发现英惠倒在走廊里。我吃惊地抱起她,发现她嘴里散发着酒气。

"你在干什么?喂,醒醒。"

我摇了摇她,可她完全没有反应。我抱着她进了客厅,把她放到沙发上。看了一眼餐桌,我大吃一惊。别人送的两瓶红酒和我喝到一半的一瓶威士忌全空了。英惠基本不喝酒,一口气喝了这么多,会晕倒也不奇怪。

我去洗手间看了一眼,不出所料,马桶里还留着呕吐物,甚至溅到了马桶外面。看样子她是忘了冲水,直接就在走廊里睡着了。

回到客厅,我先检查了一下英惠的头有没有碰伤,随后从卧室拿来毛毯盖在她身上。这时我注意到英惠脸上的泪痕。这让我的心一下子揪紧了,一种自我厌恶感袭来。

我再一次意识到自己是个残酷的男人。和英惠结婚可能并不是正确的选择,但这个结论不应该由我一个人得出。我有些后悔,觉得应该再给她些时间。

可是已经晚了,时间无法倒流。我觉得至少到离婚为止,我应该留在英惠身边,避免她做傻事。

第二天早晨,我来到客厅时,英惠已经起来了。让我惊讶的是她居然在做早餐。她脸色煞白。

"你没事吧?"我问她。

"嗯。"她点了点头,"是你帮我盖了毛毯吧,谢谢。"

"没什么,以后别喝太多。"

听我这么说,她停下手,低着头说道:"那你给我弄些安眠药来吧。"

"安眠药?"

"嗯,我被失眠折磨得很痛苦。我无法忘掉那些不愉快的事。"看我沉默,她接着说,"毒药也行,你们公司不是有氰化钾吗?没关系,我会在你不在时喝的。"

我深吸了一口气,说道:"你说什么傻话!"

英惠面无表情地看着我。"我说真的。"

按了门铃后,我感到有人从门镜里往外看,随后响起了开门的声音。

"晚上好。"门开了,绘理笑着迎接我。那是像孩子一样无邪的笑容。

"晚上好。"我应声进屋。

我像往常一样一面吃绘理做的菜一面喝啤酒。房间的角落里放着菜谱,她应该是看着菜谱做的。

"对了,今天我买了些好东西。"绘理拿过一个纸袋,从里面取出深蓝色的睡衣,"怎么样?和我的是一对哦。"

"哦……"

"床单我也换了新的,还买了个枕头。"

"怎么忽然买这些?"

"因为你以后可以在这里过夜了吧。之前你不是说,反正你已经和妻子摊牌了,就没有必要遮遮掩掩了。"

我想起自己的确说过这种话,当时我觉得如果我公然外宿,英惠肯定心生厌恶。但现在情况有了微妙的变化。

"我想,我暂时还是像以往一样回家好了。"

"啊?为什么?"不知是不是我多心了,绘理的眼里似乎闪过一道光。

我挠了挠头,说出英惠酗酒和有自杀倾向的事。

绘理面无表情地听完,开口说道:"但那也没办法啊。"

"什么叫没办法?"

"你从一开始就知道你妻子会受到伤害吧?而且你之前还说很快就能离婚。"

"我是说过,但事情比我想象得要难。"

绘理一言不发,默默把睡衣收回纸袋。

吃过饭,我们像往常一样做爱。一直以来都是绘理给我戴避孕套的,可今晚她直接坐到了我身上。

我着急了。"喂,你怎么了?不戴不行啊。"

"为什么?就这样做嘛。"绘理淘气地说。但看到她的眼神是认真的,我吓了一跳。

"现在不行,总之今晚不行。"

"哦。"她从抽屉里取出避孕套。

完事后,我准备回家。她叫住我问道:"你和妻子不做吧?"

"做什么?"

"做爱啊。"

"别傻了。"我笑着说道,"当然不会。"

"那就好。"绘理表情缓和了一些,"要是你和她做,我可不会原谅你。"

"我知道啦。"我答道。

我每两天去一次绘理的住处,剩下的时间尽量待在家里,这种生活持续了一段时间。只要我不提离婚的话题,我和英惠的生活还是比较安稳的。有时看到电视上的搞笑节目,我们甚至会一起笑。我当然不是在讴歌自己的双重生活,刚好相反,我觉得自己像在蒙着眼睛走钢丝。

从摊牌以后,我就一直睡沙发。我抵触和英惠睡一张床。一天晚上,我在沙发上躺下后,英惠过来了,平静地对我说:"你去床上睡吧,我睡沙发。"

"不用,我睡这里就好。"

"我在卧室里也睡不着,拜托你了,和我换一下吧。"

我坐了起来,问:"你还是失眠吗?"

"嗯,不喝点什么就睡不着。"

我觉得她是准备喝点酒。

"有什么好办法能让你睡着吗?"

听我这么一说,英惠拉过我的双手。"很简单,你这么做就好了。"她把我的手放到她的脖子上,"只要你这么一勒,我就能解脱了。"

"你说什么呢!"我抽回手,"就因为怕你做傻事,我才不得不回家的。"

"所以我想让麻烦画上句号。"

"要是你那么想……"

"就和我离婚吧,你是想这么说吧?"英惠淡淡地笑了,表情冰冷,"你脑子里只有离婚啊。"

这时我的手机响了。这个时间会打电话来的只有绘理。

"你接吧。我到那边去。"英惠说着离开了客厅。

我接起电话,果然是绘理。"怎么了?"我问道。

"我好孤单。"绘理的声音很细,"我一个人特别不安,总觉得你好像不会回来了,一想起来我就怕。"

"不会的。"

"那你为什么不来陪我呢?为什么丢下我一个人?"

"我之前不是跟你说了吗?"

"因为你担心妻子?那你不担心我吗?你觉得我不会寻死吗?觉得我不会酗酒后醉倒在地?"

"不是的,我也觉得很对不起你,可是……"

电话那端传来了抽泣声:"够了,我受不了了!"说完她就挂了电话。

我赶忙打过去,却打不通。我慌了。

我赶紧换好衣服来到走廊,看到英惠像个幽灵般站在那里。

"你要去她那里吗?"

"她好像有些不对劲。"

"哦。"

英惠垂下视线,紧紧咬住了嘴唇。她的表情像是做出了什么重大的决定,我甚至有种不祥的预感。但我无视那种预感,穿上鞋,拿起车钥匙。

我留下呆立的英惠，走到屋子外，锁上了门。

屋里随即传来一声布匹撕裂般的哭喊，听起来不像人的声音，但肯定是英惠发出来的。我皱紧眉头，像是要拒绝那声音一样摇了摇头，跑过公寓的楼道上了电梯。

大约半小时后，我来到绘理的住处。她站在阳台上说要跳下去。

"别干傻事。"

"不，我要死。你是不是觉得我怎样都无所谓啊？"

"不是的。"

"那你就不要再回去了，留在我这里。"

"别让我为难啊，我还没离婚。"

"你离不了婚就是因为你总回家。如果你不回去，你妻子也就会死心了。"

"事情没那么简单。"

"我知道了，那我就从这里跳下去。这样也没关系吗？"绘理将手撑上了阳台的栏杆。

我知道她根本不想死，如果她真的想死，在我赶到这里前，她早就跳下去了。

但我不能这么说，否则就会伤害她的自尊，她反而有可能跳下去。

我和嚷着要寻死的绘理对峙了大约两个小时，筋疲力尽。

"我能去洗手间吗？"

"什么啊，你一去我就跳下去。"

"饶了我吧，我憋不住了。"

我冲进洗手间小解。这时手机响了起来，是英惠发来的短信。

我战战兢兢地打开，内容如下："我没事了。她怎么样了？回来的时候小心开车。要是累了，休息一会儿再回来也行。"

我看着手机屏幕，感慨万千。之前的哭喊应该表明她已决心放弃一切。我丢下她去找情人，她却担心我因为情人的事太累会出事故。

我从洗手间出来后，绘理又开始喊叫了。

我的婚外情故事就到这里，之后的事情就任凭各位想象了。如果只叙述事实，那就是我现在还和英惠生活在一起，而且不再和绘理见面。

这件事已经过去很多年。我和英惠谁都没再提起过，但它的影响却残存至今。

比如我不再去那些有年轻女招待的店了。我担心会被英惠知道，但也是为了自己。

结婚后就不要再谈恋爱了，要是沉湎其中，最后只会把自己弄得遍体鳞伤。而且我已经快四十岁了，肚子也出来了。

在世人眼里我们都是大叔，连男人都不是——我有了这样的想法。

从那以后，我再也不看电视连续剧了。连续剧总有一些恋爱情节，如果题材是婚外情，就更糟糕了。匆忙换台显得很奇怪，直接离开也不合适，于是干脆不看。

我很快就忘了绘理，完全没有什么不舍。我们是大吵一番后分手的，不可能有什么不舍。

现在我能肯定地说，世上根本就没有姻缘的红线。

我不知道渡部和他的情人今后会怎样。他似乎认定那个女人是他命中注定的爱侣，可根本不是那样，他只是被直觉骗了，没有人比我更清楚这一点。

但也不能因此就断定他的婚外情结果会和我的一样。

我不太了解渡部的妻子，也不知道她会不会像英惠一样演戏演得那么逼真。要是她会，渡部就危险了，但我觉得她应该做不到那一步。

也就是说，如果渡部下决心跟妻子摊牌，他妻子就算愤怒，也会在离婚协议上签字。这样的事并非完全不可能。

如果一旦发生，会怎样呢？

老实说，我觉得那就有些没意思了。只有他发展得那么顺利是不行的。

婚外情就应该在婚外情状态下终结。

所以接下来，我还是会继续给渡部出主意，让他不要贸然行事。

图书在版编目(CIP)数据

黎明之街 /（日）东野圭吾著；李超楠译. —— 3版. —— 海口：南海出版公司, 2018.2
（东野圭吾作品）
ISBN 978-7-5442-9136-1

Ⅰ.①黎… Ⅱ.①东… ②李… Ⅲ.①长篇小说-日本-现代 Ⅳ.①I313.45

中国版本图书馆CIP数据核字(2017)第257310号

著作权合同登记号　图字：30-2017-161

YOAKE NO MACHIDE
© Keigo Higashino 2007, 2010
First published in Japan in 2010 by KADOKAWA CORPORATION,Tokyo.
Simplified Chinese translation rights arranged with KADOKAWA CORPORATION, Tokyo through DAIKOUSHA INC., Kawagoe.

黎明之街
〔日〕东野圭吾 著
李超楠 译

出　　版	南海出版公司　(0898)66568511
	海口市海秀中路51号星华大厦五楼　邮编 570206
发　　行	新经典发行有限公司
	电话(010)68423599　邮箱 editor@readinglife.com
经　　销	新华书店
责任编辑	张　锐
特邀编辑	崔　健
装帧设计	韩　笑
内文制作	王春雪
印　　刷	北京盛通印刷股份有限公司
开　　本	850毫米×1168毫米　1/32
印　　张	8.75
字　　数	288千
版　　次	2012年4月第1版　2018年2月第3版
印　　次	2023年6月第39次印刷
书　　号	ISBN 978-7-5442-9136-1
定　　价	49.50元

版权所有，侵权必究
如有印装质量问题，请发邮件至zhiliang@readinglife.com